Oscar bestsellers

Dello stesso autore

nella collezione Oscar

Akropolis
Aléxandros (3 voll. in cofanetto)
Aléxandros. Il figlio del sogno
Aléxandros. Le sabbie di Amon
Aléxandros. Il confine del mondo
I Celti in Italia (con Venceslas Kruta)
I cento cavalieri
Chimaira
Gli Etruschi in Val Padana (con Luigi Malnati)
Il faraone delle sabbie
I Greci d'Occidente (con Lorenzo Braccesi)
L'Impero dei Draghi
L'isola dei morti
Mare greco (con Lorenzo Braccesi)
L'oracolo
Palladion
Le paludi di Hesperia
Lo scudo di Talos
Storie d'inverno (con Giorgio Celli e Francesco Guccini)
Il tiranno
La torre della solitudine
L'ultima legione

VALERIO MASSIMO MANFREDI

ZEUS

e altri racconti

OSCAR MONDADORI

I edizione Oscar bestsellers ottobre 2006

ISBN 88-04-56121-1

Questo volume è stato stampato
presso Mondadori Printing S.p.A.
Stabilimento NSM - Cles (TN)
Stampato in Italia. Printed in Italy

Ristampe:

2 3 4 5 6 7 8 9 10 11

2008 2009 2010 2011 2012

www.librimondadori.it

Zeus
e altri racconti

Zeus

Da quando ero tornato dal mio ultimo viaggio in Grecia avevo un sogno ricorrente. Mi trovavo davanti al tempio di Zeus a Olimpia, con le sue colonne rovesciate e i rocchi allineati orizzontalmente uno dopo l'altro come tronchi d'albero tagliati a pezzi con la motosega. Coperti di incrostazioni, attorniati dalla vegetazione secca di luglio. Il frinire delle cicale isolava quel luogo dal resto del mondo come se quella vibrazione così potente avesse un significato, come se quel grido stridulo protestasse a Zeus il suo errore madornale: di aver concesso l'immortalità all'amante di Eos, l'Aurora, al ragazzo bellissimo, dimenticando di dargli l'eterna giovinezza, condannandolo a una ripugnante rugosità, alla vista eterna di carni cadenti e membra decrepite. Trasformato per pietà in una cicala che attende che passi la notte per ammirare il volto della sua amata. Per poi gridare, stridula, tutto il giorno, la sua disperazione fino al tramonto.

Il meriggio rovente, il bagliore accecante, il deserto di pietre. Ero solo davanti a quella maestosa rovina. Nessuno si aggirava nei dintorni nell'ora canicolare.

Ma a un tratto le cicale tacevano, un silenzio abissale

scendeva sulla valle, l'aria era percorsa da un ronzio continuo, quasi elettrico, e le rovine si animavano, i blocchi si sovrapponevano l'uno all'altro come sollevati da una forza smisurata e invisibile. Lentamente ruotavano sospesi nell'aria in una danza irreale a cercare il giusto attacco, la coincidenza con le asperità del blocco sottostante. A una a una le colonne si ergevano poderose, rastremandosi, a mano a mano che crescevano, fino a ricevere il capitello che le concludeva e incoronava. Poi saliva l'architrave e poi il timpano che si popolava di statue...

Dietro di me, alla mia destra, uscivano dalle porte spalancate del museo con le loro protesi di metallo a sostituire gli arti perduti, con i crani calvi, privati degli elmi crestati, con i fori trapanati sul petto là dove c'erano le corazze e i baltei splendenti. Arrancavano faticosamente fra i ruderi sparsi, si arrampicavano sulle colonne in quell'aria attonita, sotto il cielo di metallo rovente, fino a occupare il loro posto.

Là ritrovavano la loro imponenza, la maestosa armonia di cui l'artista divino le aveva dotate. La loro epidermide di marmo piano piano prendeva colore, gli abiti, i capelli, gli occhi si rivestivano di tinte vivaci o di tonalità sommesse. Enomao mostrava la sua arrogante nudità, Sterope dall'altro lato sembrava distogliere lo sguardo e si ergeva immobile mentre l'auriga, corrotto, in ginocchio vicino alla ruota del carro, metteva in atto il suo intrigo mortale.

Ecco, l'immane santuario era ricomposto davanti a me in tutto il suo splendore. Lo vedevo, potevo toccarlo, sentirne il calore e le irregolarità, potevo anche sentirne l'odore, un odore di pietra porosa cui aderivano gli aromi della valle e del bosco sacro di pini e di olivi. In qualche modo mi rendevo conto che stavo sognando, ma avvertivo anche un forte senso di realtà, sentivo che c'era verità in quello che stavo vedendo, talmente nitida e forte era la visione.

Ora, davanti a me, con un cigolio lieve e continuo i pesanti battenti di bronzo si aprivano verso l'interno, mi invitavano a entrare e io salivo i gradini del podio, attraversavo il colonnato osservando per un momento dal basso la scena che incombeva dal timpano, l'elegante peplo di Atalanta, il giavellotto micidiale stretto nella mano di Enomao. L'interno era illuminato da una luce diffusa che spioveva dal grande lucernaio al centro della copertura e, mentre lo sguardo si abituava alla semioscurità della cella, mi appariva in tutta la sua maestosa possanza il dio supremo, gigante assiso, lo scettro nella mano, l'aquila ai piedi, grifagna, il torso muscoloso e levigato, d'avorio, il volto sublime incorniciato da riccioli folti, da una florida barba. Mi fissava con uno sguardo così intenso e penetrante da sembrare vivo. E lo era.

Ma qui si manifestava il sogno nella sua dimensione irreale, quando lui alzava il braccio sinistro a indicare l'oriente e alla base del trono lampeggiava intermittente un'iscrizione luminosa come nelle scritte pubblicitarie.

Grottesco! E tuttora, quando quel sogno torna ad agitare le mie notti, non riesco mai a leggere che cosa dice. La mia estasi si tramuta in irritazione come quando uno si sente preso in giro. La visione epica si trasforma in commedia, eppure ci casco ogni volta.

Non sono uno che crede alle fate. Ho passato i quarant'anni e sono il direttore di un museo di provincia nell'entroterra genovese. Certo non è il British Museum e nemmeno il Museo vaticano ma è una raccolta dignitosa e di una certa importanza. Mi ci hanno sistemato perché all'università non c'era posto e il mio maestro si era preso un'assistente molto carina che gli dava soddisfazioni che io non gli potevo dare. Inutile dire che il vecchio le aveva spianato la strada in ogni modo e l'aveva messa in cattedra nel giro di un paio d'anni scrivendole anche gli articoli e il libro da presentare al concorso.

Non me la sono presa. Forse al posto suo avrei fatto lo stesso. Sono celibe, single, come si dice adesso, ma me la cavo abbastanza bene. Ho sempre qualche amica che è gentile con me, e quando cominciano ad avere delle pretese me la svigno. Non sono il tipo che si sposa, che si mette a cambiare pannoloni, che si ricorda il giorno dell'anniversario e tutto il resto. Inoltre non ho più né mio padre né mia madre. Se ne sono andati a poca distanza l'uno dall'altra in meno di un anno. Sono solo, ma ho passione per il mio lavoro. Gli dedico corpo e anima e questo mi appaga.

Nel mio museo non ci sono importanti collezioni di statuaria greca o di preziose ceramiche. Un po' di stele liguri, alcune tombe con il loro modesto corredo, delle iscrizioni funerarie romane con qualche bel ritratto repubblicano, pietre miliari e una discreta collezione di monete, sia repubblicane che imperiali. Ma all'università ho studiato soprattutto l'archeologia e la storia dell'arte greca, che continuo a coltivare perché sono la passione della mia vita anche se nel mio museo non c'è praticamente quasi nulla di quel genere. In particolare ho studiato a fondo gli aspetti tecnologici delle realizzazioni d'arte penetrando i più reconditi segreti degli antichi maestri.

Forse è per questo che ho certe allucinazioni oniriche? mi sono chiesto.

Il nostro cervello è una strana macchina: da studente

scrissi una tesi di laurea sulla ritrattistica di Zeus, come era stato rappresentato nei secoli il volto del padre degli dei, ed ero arrivato a concludere che anche il Padreterno dei cristiani era in debito con il signore dell'Olimpo quanto a iconografia. Il mio pensiero fisso però, il mio pallino, come si dice dalle mie parti, era proprio lui, lo *Zeus* di Olimpia, il colosso creato da Fidia in avorio e oro, una delle sette meraviglie del mondo antico. Avevo inoltre creato un'immagine digitale, una specie di schema dei punti di forza del colosso che, per le sue caratteristiche costruttive, doveva presupporre a livello ingegneristico un calcolo statico estremamente complesso e sofisticato.

Ed ecco che, dopo il giro di boa dei quaranta, mi sogno questa roba. La mia mente, libera di notte di muoversi come vuole, mi dà la misura netta di quanto sia in realtà ossessiva questa mia passione. Una cosa che con i colleghi non ammetterei mai perché mi farebbe sembrare un dilettante, uno di quelli che leggono le storie di fantarcheologia – il Graal, la grande piramide – e si beve tutta la paccottiglia televisiva e giornalistica che viene propinata ogni giorno agli ingenui.

Sono anche salito sull'Olimpo. Non ho difficoltà ad ammetterlo. E ho rischiato una polmonite. Un giorno di marzo in cui poi si era guastato il tempo e a momenti ci resto secco. Non ho certo avuto epifanie. Solo nubi basse, vento gelido e nevischio. Chiuso l'argomento.

Adesso mi trovavo, da qualche giorno, a Istanbul, una delle mie città predilette, anzi forse quella che amo di più, per le sue atmosfere, il suo fascino, la sua straordinaria bellezza. Ci sono stato la prima volta da ragazzo, da studente universitario con gli amici, e me ne sono innamorato: un alberghetto da pochi soldi ma in pieno centro, e poi via per le stradine congestionate, nel frastuono dei mercati, dei clacson, dei venditori di ciambelle, dei lustrascarpe e dei negozianti che propongono la loro merce. Ecco, ho pensato che un bel bagno nella metropoli del Bosforo, nella più grande città islamica d'Europa, mi avrebbe tolto dalla mente certi ricorsi maniacali che avevano ormai le caratteristiche di una vera e propria fissazione. La voce del muezzin dai minareti, le moschee sotto la luna, il Serraglio, la Sublime Porta, il *çay* bollente e profumato, il *sish kebab*... insomma, tutto quello che ci può essere di anticlassico è concentrato in questa metropoli spettacolare: quindi mi sarei rimesso in equilibrio.

A dire la verità c'era stato anche un altro motivo altrettanto forte a spingermi verso il Bosforo: avevo una vecchia fiamma in città, Leyla, conosciuta all'Università per stranieri di Perugia durante un breve incarico di insegnamento. Allora avevo poco meno di trent'anni, lei venti. C'era stata una storia fra noi, piuttosto intensa. Avevo rischiato di innamorarmi, anzi, mi ero innamorato per davvero, ma poi mi ero tirato indietro, come al solito. Mi era rimasto però un rammarico, una nostalgia che ogni tanto mi prendeva e non mi lasciava per giorni o per settimane. Chissà, forse ero venuto a Istanbul con la speranza di rivederla, anzi, più che una speranza: lei mi aveva scritto una lettera chiedendomi il mio parere su alcuni problemi di carattere scientifico a proposito di una pergamena che stava studiando, uno dei tanti tesori della biblioteca del Serraglio, e io le avevo risposto con una lettera più circostanziata di quello che mi veniva richiesto. Mi ero portato il suo numero di telefono e avevo intenzione di chiamarla, ma quando lo feci mi rispose una voce maschile e riattaccai. Forse si era sposata. Anzi, di sicuro. Peccato.

Me ne andai verso piazza Sultan Ahmet a smaltire il disappunto, entrai nel giardino di Topkapi e raggiunsi il caffè del Museo archeologico, un locale vecchia maniera, molto accogliente, con i tavolini sul ghiaietto, all'ombra dei platani. Ricordavo ancora un po' di turco, e mentre aspettavo un caffè presi a sfogliare «Milliyet» sperando in cuor mio, anche se non volevo ammetterlo, che lei sarebbe anche potuta passare di lì entrando o uscendo dall'edificio in cui lavorava. Certamente doveva essere ancora bella, anzi, forse lo era ancora di più: una donna che ha passato i trenta è nel pieno del suo fascino.

A un tratto udii una voce alle mie spalle: «Posso sedermi?».

Incredibile. Era lei.

«Leyla, che cos'è, una magia?»

«No» rispose. «È normale. Lavoro qui e prendo sempre il caffè a quest'ora. Chiunque venga qui mi incontra. Come vedi, nessun miracolo. La tua lettera mi è stata di grande aiuto, ma non avrei mai sperato che tu venissi di persona.»

«Come stai? Ti trovo magnificamente.» Era una banalità, ma non mi era uscito nulla di meglio.

«Bene» rispose lei. «Come mai hai deciso di venire a Istanbul? E come mai non mi hai detto niente? Non hai nemmeno telefonato.»

«Avevo bisogno di un po' di riposo e questa città mi rilassa e poi... avevo anche voglia di rivederti. Sai, ti avevo chiamato oggi. Mi ha risposto tuo marito.»

Sorrise. «Non è mio marito. È mio fratello: quando passa da Istanbul si ferma da me. Lo sai, nella mia famiglia il fatto che io viva da sola in città è motivo di scandalo. Almeno lui non me lo fa pesare e non mi fa sentire in colpa.»

Era sempre bellissima: occhi fondi, verdemare, colorito pallido, capelli nerissimi e un corpo ancora perfettamente tonico. Mi aveva detto una volta di essere di origine circassa, come le concubine favorite dei sultani.

«Vuoi dire che non sei sposata?»

«Non lo sono.»

«Divorziata?»

«Nemmeno. E tu?»

«Sempre così. Ceni con me stasera?»

«Se riesco a liberarmi da un impegno. Il numero del tuo cellulare è sempre quello che mi hai mandato per e-mail?»

«Sempre.»

«Allora ti faccio sapere. Ora devo tornare al lavoro.»

Avevo notato sul suo volto un'ombra di preoccupazione. Forse non stava bene, forse qualcuno della sua famiglia aveva dei problemi.

Venne a cena. Avevo scelto il piccolo ristorante nella piazzetta antistante la torre di Galata. Mi sembrava di giocare in casa in quel lembo di territorio che era stato genovese, perfino con un palazzo del podestà.

La vista era spettacolare, con il sole che scendeva fra i minareti delle moschee proprio di fronte a noi e le luci del ponte di Galata che si specchiavano nel Corno d'Oro. Una cartolina, se vogliamo: ma per me era sempre come se vedessi quella meraviglia per la prima volta.

C'era ancora un'ombra nel suo sguardo: «Non stai bene, Leyla?».

«No. Sto bene.»

«Però c'è qualcosa.»

Il cameriere portò gli antipasti e una bottiglia di Kavaklidere ghiacciata.

«Sì, c'è qualcosa. Un problema. Sono spariti dei documenti dalla biblioteca di Topkapi. Anzi, a dirti la verità è sparito proprio il documento di cui ti avevo parlato nella mia lettera.»

«Accidenti. E questo ti può danneggiare?»

«Sì. E come. Qui non scherzano: chi sbaglia, paga. E molto.»

«Che tipo di documento è? Voglio dire, fa parte di un fondo particolarmente prezioso?»

«Non direi. Apparentemente roba di scarso valore. Abbiamo ben altro che potrebbe eccitare l'avidità di un ladro.»

«Non tenermi sulla corda. Mi hai scritto nella tua lettera che si trattava di uno schizzo poco significativo, a parte certi contrassegni e lettere dell'alfabeto greco che facevano pensare a un documento di natura completamente diversa ma probabilmente di notevole importanza. Allora, di cosa si tratta in concreto?»

«Una pergamena con disegni, di età bizantina. Esercitazioni di un pittore di arte sacra che dipinge santi e madonne. Bei colori e buona fattura, ma nulla di eccelso: un buon artigiano... A dire la verità la pergamena è stata riutilizzata dal pittore bizantino ma conteneva già delle immagini, se così si può dire, quelle di cui ti ho parlato nella lettera. Disegni difficili da interpretare, studiati da uno dei nostri interni qualche tempo fa ma non pubblicati. Sembrano architetture lignee, travi e tavole a comporre parti di un traliccio. Sapendo delle tue conoscenze sulla tecnica degli antichi Greci, ho pensato di consultarti, ecco tutto.»

«Un traliccio? E di che genere?»

Prese un tovagliolo dal tavolino e cominciò a disegnarvi sopra con la penna a sfera. «Più o meno così» disse mostrandomi lo schizzo. «La mia impressione è stata che si trattasse di strutture di ponteggio create da un artista per eseguire una qualche opera d'arte. Un affresco, forse, o un mosaico, chissà.»

«Sei sicura che la pergamena sia stata rubata? Non potrebbe essere stata presa a prestito da qualcuno per...»

«Non è disponibile al prestito.»

«E cosa cambia? La gente si porta la roba a casa e poi la restituisce senza che nessuno se ne accorga. Così, per comodità. Vedrai che fra qualche giorno tornerà al suo posto. E sicuramente si tratta di qualcuno dei tuoi. Non è gente di fuori.»

«È qui il problema. Le persone che hanno accesso a quel settore della biblioteca si contano sulle dita di una mano. Li conosco uno per uno: non farebbero una cosa simile per tutto l'oro del mondo, credimi. Mi sono molto affezionati e sanno che una cosa del genere mi metterebbe nei guai.»

«In ogni caso non c'è alternativa: è stato uno di loro. E se vuoi prendere in considerazione l'ipotesi di un furto, cerca di indagare sulla loro vita privata. Magari qualcuno gioca e perde soldi o ha fatto dei debiti per pagare un mutuo o ha un'amica con molte pretese.»

«Ci proverò, anche se mi sembra ridicolo improvvisarmi detective.»

«Non hai altra scelta. Se avverti la polizia, vai tu nelle grane.»

«Già...» disse chinando il capo.

Le versai da bere e cambiai argomento per distrarla ed effettivamente sembrò che, con la cena e la chiacchierata, il suo umore fosse notevolmente migliorato; era diventata più espansiva, forse anche a causa del vino che, così fresco, non faceva sentire la gradazione alcolica e diventava traditore.

In taxi si lasciò baciare con un certo trasporto, ma

quando cercai di risalire con la mano lungo le sue gambe s'irrigidì e dovetti fermarmi. Forse le era venuto in mente come ci eravamo lasciati, la mia vigliaccheria, la mia incapacità di assumermi responsabilità adeguate alla devozione e alla passione che mi aveva dedicato lei, di famiglia così religiosa e tradizionalista. Il suo dono non era comparabile a quello di nessun'altra donna che avessi conosciuto in precedenza. Ebbi anche, per un istante, un sospetto che mi turbava profondamente, ma preferii non affrontarlo e non pensarci per non sentirmi peggio di come già mi sentissi.

Prima di scendere mi sfiorò le labbra con un bacio leggerissimo e mostrandomi di nuovo il disegno sul tovagliolo disse: «Dimenticavo: le lettere dell'alfabeto greco su quei disegni erano rubricate. Ti dice qualcosa?».

«È molto probabile che si tratti di una numerazione: le lettere dell'alfabeto, usate da sole, sono numeri, come sai. E se sono rubricate significa che ci troviamo di fronte a qualcosa di importante.»

«Già, interessante.»

«Posso tenerlo?» chiesi allungando la mano verso il tovagliolo.

«Certamente, ma prendilo con beneficio d'inventario. Non è preciso al cento per cento» rispose lei.

Scese dal taxi e raggiunse la porta del condominio in cui abitava nel quartiere di Istiklal. Aprì con la chiave e scomparve nell'androne buio.

Il mattino dopo mi venne un'idea. Contrariamente a quello che le avevo detto per tranquillizzarla, ero assolutamente certo che si trattasse di un furto e che fosse opera di uno dei suoi collaboratori. Se poi il ladro aveva avuto necessità di realizzare e se i disegni, se di questo si trattava, erano stati venduti, c'era una mia vecchia conoscenza in città che avrebbe potuto darmi una dritta: Abdullah Unluoḡlu, un ricettatore che abitava dalle parti dei Grandi bagni.

Lo cercai al bazar dove aveva un negozio da antiquario in Sandal Bedesten.

«Il mio vecchio amico italiano!» esclamò allargando le braccia. «Come mai da queste parti?»

Non era cambiato per nulla dall'ultima volta che l'avevo visto, ed erano passati un po' di anni. Era sempre bello grasso, cranio completamente rasato, lucido come una palla da biliardo, baffoni a coprire del tutto il labbro superiore e lo stesso abito a tre pezzi – almeno così si sarebbe detto – con un grosso orologio da taschino ficcato nel gilet.

Chiamò subito un paio di *çay* che ci servirono negli stessi bicchierini di sempre, filettati in oro sui piattini di ceramica bianca e rossa e con due zollette di zucchero appoggiate su un lato.

«Come va?» chiesi.

«Bene. Ma non è più come ai vecchi tempi. Non si trova più niente di buono. Le ultime cose le hanno spazzolate i collezionisti. Adesso entra solo roba russa e bulgara, le solite icone...»

«... taroccate.»

«Be', anche quelle. Ma qualche cosetta ce l'ho ancora, specie per i vecchi amici quale io ti considero.»

«Mi fregheresti. L'hai fatto l'ultima volta.»

«Ma cosa dici? Ti ho sempre trattato da fratello.»

«Come Caino con Abele... Lasciamo perdere. Ti do la possibilità di redimerti. Sto cercando pittura bizantina. Su pergamena. Hai niente di interessante?»

Mi versò dell'altro *çay*.

«Fammi dare un'occhiata.»

Sparì nel retrobottega.

Fuori, lungo la grande via coperta, la calca era sempre più fitta perché ci si avvicinava all'ora di punta: facchini curvi sotto il peso di grandi balle di stoffa, altri che trascinavano carretti con sacchi di semi oleosi, di noci, di frutta secca, di spezie. In un vociare confuso si mescolavano i richiami dei venditori di *ayran* e di succo di melagrana, di limonata e di ciambelline con i semi di finocchio e i toni più contenuti dei negozianti che cercavano di attirare i turisti nella loro bottega: «*Just to look*», solo per dare un'occhiata. Il sole, ora alto, penetrava dai lucernai proiettando fasci di luce sulle mercanzie variopinte, sulla folla di avventori e di turisti in calzoni corti, e faceva brillare il lieve polverio che si alzava dal pavimento.

Pensai che non c'erano grandi probabilità di cogliere nel segno, ma il mio tentativo avevo voluto farlo. Per Leyla. Glielo dovevo.

Abdullah riemerse dal retrobottega e mi sciorinò sul banco un po' di roba: fogli di evangeliari, di responsori, spartiti miniati di musica sacra. Per lo più materiali ottocenteschi. Gli buttai un'occhiata distratta: «Io non parlavo di queste cose che tieni in negozio, parlavo di quelle che tieni dove sai tu».

Mi gettò un'occhiata in tralice: «Per quelle ci vogliono parecchi soldi, amico, e in quella somma è incluso anche il mio rischio».

«I soldi ci sono» risposi cercando di mascherare una improvvisa paura che mi prendeva allo stomaco.

«Non ti stai facendo gioco di me?»

Il frastuono del bazar mi giungeva ora all'orecchio come un lontano ronzio. Il mio cervello selezionava soltanto le percezioni essenziali, e quelle percezioni mi mettevano in allarme, mi avvertivano di stare alla larga da quel tipo di affari troppo grandi e pericolosi per il curatore di un piccolo museo di provincia. Tutto il resto svaniva in lontananza...

Ma Abdullah aspettava una risposta. Era sparita dal suo volto ogni espressione bonaria e scherzosa. Vedevo solo del sospetto e una buona dose di diffidenza.

«No. Sto dicendo sul serio» lo rassicurai. E dovetti essere abbastanza convincente perché lui arrotolò le sue pergamene dicendo: «Va bene. Ma stai attento a quello che fai. Qui non si scherza».

«E chi scherza?» risposi spavaldo. «Io faccio sul serio.»

«Meglio così.»

«E poi, dico, non andiamo mica in guerra, dobbiamo solo discutere di affari.»

«Ci sono affari e affari: quando si sale di livello e di rischio, tutto sale di prezzo. Mi sono spiegato?»

«Ti sei spiegato benissimo. Quando allora?»

«Stasera va bene?»

Annuii.

«Dove alloggi?»

«Al Pirlanta, vicino a Yerebatan Saray.»

«So dov'è il Pirlanta. Alle undici ci sarà davanti all'albergo un ragazzo con un carretto di frutta secca. Quando vedi che mette via la mercanzia e se ne va con il carretto, seguilo. Ti porterà dove c'è la roba. Ancora un po' di *çay*?»

«No... no, grazie» risposi con una certa mestizia nella voce. Avevo la netta impressione di andare a cacciarmi nella tana del lupo e soprattutto di stare compiendo un'azione indegna.

Passai il resto della giornata a bighellonare. Mi sedevo di tanto in tanto in un caffè all'aperto per prendere qualcosa e far passare il tempo e meditavo. Pensavo fra me e me che potevo ancora tirarmi indietro, che affrontavo un azzardo, forse un pericolo serio senza avere la minima idea di che cosa avesse da mostrarmi Abdullah. Cos'avrei fatto se non avesse avuto quello che cercavo? E cos'avrei fatto se l'avesse avuto? Pensai che a quel punto era meglio andare a vedere le carte di Abdullah e che in fondo non c'era alcun pericolo reale. Era solo un trafficante come tanti e la posta in palio non poteva essere che di qualche migliaio di euro.

Le undici.

Scostai le tendine dalla finestra e guardai fuori. Il ragazzo stava riponendo la sua mercanzia nei cassetti e poi richiudeva il coperchio serrandolo con un lucchetto. Indossai la giacca di pelle e scesi in strada. C'erano solo rari passanti e qualche turista che indugiava ancora davanti ai caffè a godersi l'aria tiepida di settembre. Risposi con un cenno al saluto del concierge mentre attraversavo la lobby dell'albergo e uscii in strada proprio nel momento in cui il ragazzo si avviava trascinandosi dietro il carretto montato su due ruote da bicicletta. Non mi guardò nemmeno e probabilmente non sapeva che io lo stavo seguendo, a una certa distanza. Attraversammo la piazza dell'ippodromo e imboccammo dall'altra parte la discesa che portava verso le mura del Bosforo. Il ragazzo si fermò davanti a una casupola della vecchia Istanbul, di legno grigio, trasse di tasca una chiave di ferro, aprì la porta e la richiuse subito dopo dietro di sé.

Restai fermo senza sapere cosa fare e guardandomi intorno in cerca di un segnale qualunque quando una voce dietro di me mi fece riscuotere d'improvviso: «Vieni, da questa parte».

Abdullah si era materializzato alle mie spalle e ora

saliva le scale sul fianco di un altro edificio con insospettabile agilità. Gli andai dietro e aspettai che aprisse la porta.

Ci trovammo in un ambiente piuttosto grande e spoglio con alcuni armadi appoggiati alle pareti: dal soffitto di assi pendeva una lampadina senza paralume e c'era in mezzo alla stanza una vecchia scrivania liberty a cassetti con il pannello centrale di cuoio verde screpolato e consunto. Non c'era nessun altro nella stanza, almeno per il momento.

«Vuoi dirmi cosa stai cercando?» domandò d'un tratto Abdullah. «Così evitiamo di perdere tempo.»

«Niente di particolare: pittura bizantina su pergamena, possibilmente di buona epoca.»

«Non sapevo che t'interessasse, ma qualcosa ho.»

Aprì uno degli armadi e cominciò a estrarre delle cartelle impilandole l'una sull'altra sul braccio sinistro esteso.

Abdullah appoggiò il fascio di carpette sulla scrivania liberty e cominciò ad aprirle, una alla volta. Erano pezzi spettacolari, in genere derivati da opere smembrate provenienti sicuramente da antichissimi monasteri. Cominciò a sciorinare davanti ai miei occhi tutti i suoi tesori, pezzi di così straordinario valore che mi convinsero di ciò che avevo sempre pensato: lui non era che il terminale di una organizzazione molto potente che forse commissionava furti su ordinazione.

Osservai ogni pezzo molto attentamente, ma non c'era nulla che somigliasse a ciò che stavo cercando. Fare retromarcia in quel momento e in quella situazione avrebbe anche potuto essere pericoloso. Dissi: «È tutto quello che hai da mostrarmi? Non hai nient'altro?».

«Ma ti ho fatto vedere dei capolavori, delle autentiche meraviglie. Che cosa vuoi di più?»

«Sarò sincero. Temo che questi pezzi abbiano un valore stratosferico.»

«Non farmi incazzare. Pensavi che ti mostrassi dei souvenir da quattro soldi?»

«No, ma avrai pure qualche cosa di media portata. Senti, devo fare un regalo a una persona importante in Italia e non posso tornare a mani vuote. Hai capito adesso?»

Abdullah si passò una mano sulla testa pelata: «Forse... ma sì, forse ho qualcosa che potrebbe andar bene».

Tornò all'armadio e, dopo avere rovistato in un comparto in alto, tirò fuori una busta di cartone blu chiusa da un piccolo bottone a pressione. Quando vidi ciò che conteneva, capii che avevo fatto centro. Nello stesso istante ebbi come una visione: l'immagine nebulosa che avevo visto sul tovagliolo si sovrappose a quella che avevo davanti e questa andò a sovrapporsi come un lucido trasparente a un'altra immagine che stava impressa da qualche parte nella mia mente, ma fu un lampo talmente rapido che non riuscii a fissarlo nella memoria. Maledizione.

La stessa cosa mi succedeva anche nei sogni e mi era accaduta una volta mentre ero sotto anestesia durante un intervento chirurgico. Mi balenò in mente la soluzione di un grosso problema filologico su cui mi ero scervellato invano per mesi. Ma fu così rapida e accecante che non riuscii a fissarla nella memoria. Come ho già detto: strana macchina il cervello.

«Secondo me, si è trattato di un errore» disse Abdullah. «Hanno prelevato la busta sbagliata. Questa roba non ha nessun valore, però quelle parti dipinte in alto sono notevoli e hanno un certo sapore.»

«Quanto costano?»

«Duemila dollari.»

«È una bella cifra per una pergamena riutilizzata.»

«È quello che valgono. Qui non siamo al bazar. Qui il prezzo non è trattabile.»

«Te ne posso dare mille subito. Il resto domani appena aprono le banche. Va bene?»

«Va bene» rispose Abdullah. «Ti faccio una fattura per l'acquisto di un tappeto.»

«Allora posso portarmi via questa pergamena?» dissi tirando fuori i mille dollari che avevo in contanti.

«Domani al bazar. Appena apro. Alle otto precise. Questi li prendo come caparra.»

Lo disse con un tono talmente deciso e così lontano dalla maschera gioviale che sfoggiava abitualmente nella sua bottega che non osai nemmeno ribattere.

Camminavo di buon passo con le mani in tasca nonostante la salita e arrivai all'imbocco nordorientale di piazza Sultan Ahmet verso mezzanotte. Da una parte ero preoccupato perché non avevo niente in mano, dall'altra ero felice perché pensavo che l'affare in fin dei conti era di fatto concluso e l'indomani avrei potuto restituire a Leyla i documenti mancanti dalla sua raccolta. L'avrei comunque avvertita che era in corso un tentativo di furto di un altro pezzo che si era salvato fino a quel momento per un errore del ladro.

Mi sedetti al caffè di fronte a Yerebatan Saray a riordinare le idee mentre il cameriere passava lo straccio sui tavolini e svuotava i posacenere. Continuavo a rimuginare: che cos'era quella specie di folgorazione che mi era venuta quando avevo visto il disegno? Perché quello strano traliccio sulla pergamena mi aveva richiamato alla mente qualcos'altro? Qualcosa di maledettamente importante, se mi causava tanta agitazione. Ero così intestardito nel voler venire a capo di quell'enigma che non mi accorsi nemmeno di quando il cameriere spense le luci esterne del locale e mi lasciò al buio. Al diavolo, non ci riuscivo. Se avessi potuto farmi una bella dormita, forse qualche idea mi sarebbe venuta l'indomani.

È una mia teoria: quando uno si addormenta con un problema, spesso al momento del risveglio gli viene l'idea giusta. Per questo c'è il detto che la notte porta consiglio, ma non è così. Quello che accade è che prima di addormentarsi il cervello viene programmato dalla mente per risolvere il problema e per tutta la notte non fa altro che scansionare ogni possibilità finché non trova una via d'uscita e la fissa nella memoria. Al risveglio si ha l'impressione di un'improvvisa rivelazione e invece è solo la conclusione di un lavoro durato l'intera notte.

Forte di questa convinzione mi accesi una sigaretta e m'incamminai lentamente verso il Pirlanta.

Dormii abbastanza tranquillo e mi svegliai un po' prima che suonasse la sveglia che avevo puntato alle sette. Guardai fuori: una nebbiolina leggera fluttuava sui tetti del centro antico, una lieve foschia fatta di vapore acqueo e dei tanti fumi che la città esalava durante la notte. Si spegnevano le luci, il traffico aumentava d'intensità quasi a ogni momento e la folla cominciava a sciamare per le strade verso le mille e mille occupazioni che consentivano a ognuno di sbarcare il lunario.

Poco dopo anch'io ero in strada diretto verso il bazar, verso l'ingresso della colonna bruciata. Comprai una ciambellina di pane con il sesamo per colazione e andai verso il mio appuntamento pervaso da una sottile inquietudine. Imboccai Sandal Bedesten e in pochi passi raggiunsi la bottega di Abdullah Unluoğlu. Era chiusa.

Avrei dovuto aspettarmelo, come avevo potuto fidarmi di lui a quel modo?

Mi accostai alla bottega accanto e chiesi se sapessero a che ora di solito arrivava il signor Unluoğlu. Mi dissero che era sempre lì in orario e che, se non c'era, doveva essergli successo qualcosa. Quell'acuto senso di disappunto fece scattare, per qualche motivo, il contatto della mia memoria e ricordai. La mia era soprattutto una intuizione, ma quando avessi raggiunto di nuovo la mia stanza in albergo, quando avessi avuto a disposizione il mio computer, avrei verificato subito se era fondata. Una scoperta sensazionale, una rivincita trionfale su coloro che mi consideravano, a torto, un mediocre. Se non avevo preso un abbaglio stavo per fare una delle più grandi scoperte di tutti i tempi. I giornali ne avrebbero parlato in ogni parte del mondo, le più importanti reti televisive mi avrebbero intervistato e... Una voce mi scosse dal mio assorto fantasticare: «*Bay Effendi, Bay Effendi!*».

«Che c'è?» chiesi voltandomi. Mi trovai di fronte un ragazzo di quindici, sedici anni. «Che cosa vuoi?» insistetti.

Mi porse una busta.

«Il signor Unluoğlu dice che è meglio così.»

Aprii. Conteneva i miei mille dollari!

«Ma... che cosa significa questo? Senti, fermati, dov'è Abdullah? Lo devo vedere! Aspetta!»

Il ragazzo non stette nemmeno ad ascoltarmi, in pochi passi sparì tra la folla che ormai gremiva il bazar. Provai a inseguirlo, ma era come cercare un ago in un pagliaio. Desistetti e tornai verso la bottega di Abdullah. Avevo deciso di aspettarlo. Prima o poi avrebbe dovuto farsi vivo. Andai a sedermi a un caffè in posizione strategica da cui potevo dominare l'ingresso della bottega, mandai il garçon a comprarmi il giornale, ordinai da bere e me ne restai lì, con il giornale in mano ad aspettare che succedesse qualcosa. Ma il tempo passava e non accadeva nulla.

Erano già due anni che mi trattenevo nel fumare: due o tre sigarette al massimo in un giorno, ma in quella giornata non riuscii a controllarmi. A mezzogiorno il posacenere era già pieno. Stazionai in quel caffè per tutto il pomeriggio deciso a non muovermi finché Abdullah non fosse ricomparso, ma venne l'ora di chiusura e la bottega del mio fornitore restava ostinatamente chiusa. L'unica, nel mio raggio di visuale.

Per tutto il tempo avevo rimuginato fra me ogni possibile spiegazione per quel dietrofront, ma l'unica risposta che riuscivo a darmi era la peggiore: qualcuno si era accorto che il valore non era nelle miniature bizantine di ori e di colori rutilanti ma in quei modesti schizzi tecnici, appena percettibili e sbiaditi per l'età, e non pensava minimamente a separarsene.

In un colpo solo svanivano due meravigliose opportunità: restituire a Leyla ciò che le era stato rubato, riconquistare la sua considerazione e, chissà, forse anche il suo amore, e diventare il più famoso archeologo del mondo. Ma proprio mentre lasciavo una mancia sul piattino e stavo per alzarmi udii qualcuno sedersi al tavolo dietro il mio e una voce sconosciuta dire in ottimo italiano: «Non si volti, la prego. So che lei sta aspettando Abdullah Unluoğlu. Non verrà, né oggi né domani. Forse non verrà mai più. Mi dia retta, torni a casa e lasci perdere, oppure si goda la sua vacanza e dimentichi tutta questa storia».

«Ma io ho pagato una caparra e ho diritto di avere ciò che ho acquistato. Troverò Abdullah e gli chiederò di rispettare il nostro accordo.»

L'uomo dietro di me non disse nulla.

«Ha sentito quello che ho detto?»

Non ottenni risposta. Allora mi voltai. Non c'era più nessuno: la persona che mi aveva parlato si era dileguata come un fantasma. Mi alzai e me ne andai.

Uscito dal bazar passai davanti alla Suleymanie dai cui minareti il canto del muezzin chiamava ormai alla preghiera serale, voltai in Divan Yollu e presi a sinistra, verso l'albergo, passando davanti a uno dei miei luoghi preferiti a Istanbul: il caffè dentro il cimitero. Uno di quei cimiteri ottomani monumentali con i cippi scolpiti e sormontati da copricapi di tutte le fogge a indicare il rango e la posizione sociale del defunto. Chiamai Leyla al cellulare e le diedi appuntamento in un ristorantino annidato sotto le travi del ponte di Galata. Vista sul Bosforo e sul Corno d'Oro e il pesce è sempre fresco.

Arrivò molto elegante, con una tunica di Fendi e una borsetta di Prada, mi baciò su ambedue le guance e io la feci accomodare al tavolino che avevo prenotato.

«Tu non hai idea di quello che mi è successo» esordii mentre il cameriere serviva gli antipasti.

«Non mi hai nemmeno detto se ti piaccio...» mi interruppe delusa.

«Sei uno splendore, perdonami. Ma quello che mi è accaduto è così straordinario che non sono riuscito a trattenermi dal raccontartelo subito.»

«Bene, dunque continua: sono tutta orecchi.»

Era veramente stupenda: un trucco leggero le allungava gli occhi grandi e lucenti, un rossetto color melagrana valorizzava ancora di più le sue labbra ben disegnate e la compostezza della sua postura rendeva ancora più desiderabile ciò che si poteva ammirare delle sue gambe. Per un attimo pensai a quanto ero stato stupido a rinunciare a tutti quei tesori per codardia. Ma lei stava aspettando che io andassi avanti con il mio discorso.

«L'altra sera ti ho visto così preoccupata che mi sono dato da fare. Conosco parecchi trafficanti di opere d'arte di quel genere dopo tanti anni che bazzico questa città, ma ce n'è uno che secondo me poteva essere l'uomo che cercavo. Ha tergiversato, ha finto di non capire, ma alla fine, per puro caso, quando ormai non sapevo più che strade tentare, li ho visti.»

«Che cosa?»

«I tuoi disegni.»

«Non prendermi in giro.»

«Dico la verità. Erano in un posto appartato. Ci sono arrivato secondo istruzioni precise che mi sono state date e alla fine li ho visti. Non volevano nemmeno mostrarmeli perché erano ritenuti di scarso valore. Almeno così mi hanno detto.»

Leyla si fece seria e intenta: «Vai avanti».

«Bene, li ho trattati. Duemila dollari. Mille subito in contanti e gli altri il giorno dopo.»

«E quindi li hai recuperati?»

«No, purtroppo, e qui sta l'incredibile. Questa mattina alle otto avevo appuntamento con la persona che me li doveva consegnare e invece è arrivato un ragazzino che mi ha dato una busta con dentro i miei mille dollari. Mi ha detto che la cosa non si poteva più fare ed è sparito. E siccome non me ne andavo, qualcuno che non ho visto in faccia mi ha detto di lasciar perdere, di non pensarci più.»

«E tu come lo spieghi?» domandò Leyla.

«Non lo so. È strano. È evidente che qualcuno ha cambiato parere. Ed è altrettanto evidente che quei documenti sono diventati d'improvviso molto più importanti. Tu ti sei fatta un'idea su chi possa averli sottratti? L'uomo che me li aveva venduti ha detto che li hanno portati via per errore, che volevano qualcos'altro. Ti dice niente questo?»

Lei mi guardava e mi sorrideva, come se stessimo parlando d'altro: «Che strana persona sei. Non finisco mai di conoscerti. Non ti credevo capace di affrontare situazioni tanto difficili. Non dev'essere stato facile. In ogni caso ti sono grata per quello che hai fatto per me».

«Non ho fatto nulla, purtroppo. E dire che ci ero andato tanto vicino. Ma perché non rispondi alla mia domanda?»

«Forse so che cosa stavano cercando...»

Avvertii il battito del mio cuore accelerare per l'emozione che le parole di Leyla facevano montare dentro di me, e in più mi sentivo smarrito davanti a lei, così bella, eppure diversa dalla donna che avevo conosciuto a Perugia. C'era qualcosa nel suo modo di fare che mi inquietava. Era come se avesse imparato a difendersi e anche a offendere, se fosse stato necessario; la sua bellezza non era più soltanto un meraviglioso ornamento della persona: era un'arma affilata e insidiosa che in un certo senso incuteva timore. O forse era solo il mio senso di colpa che mi faceva sentire vulnerabile? La fissai intensamente negli occhi per cercare di capire se ci fosse qualcosa di lei che in quell'istante mi sfuggiva.

«... c'è un documento scoperto di recente in un settore poco esplorato della biblioteca del Serraglio...»

«Di che si tratta?»

«Non lo so. È molto antico ed è ancora sigillato. Me lo ha consegnato di persona il direttore davanti a due testimoni che hanno verificato l'integrità dei sigilli. Può darsi che vogliano preparare un grande evento mediatico. La Turchia si candida a entrare nell'Unione europea e vuole accreditare a livello internazionale l'immagine di un paese importante, di antica tradizione, custode di tesori di cultura inestimabili. Ecco, io penso che un oggetto del genere potrebbe essere rubato da parte di qualche malintenzionato... per poi chiedere un riscatto, immagino.»

Mi accorsi che il cameriere stava ritto in piedi a poca distanza da noi in silenzio, non osando interrompere la nostra conversazione che intuiva molto intensa e confidenziale. Gli dissi: «Hai dei *patligian* al forno con salsa di carne?». Il cameriere annuì.

«Porta di quelli allora e una bottiglia di Doluça in caraffa.»

Attesi che si fosse allontanato e domandai ancora: «Ma perché un simile reperto non viene tenuto in cassaforte?».

«È nel reparto blindato della mia biblioteca, in effetti.»

«E il documento mancante era nello stesso settore blindato?»

Leyla annuì.

«E in che relazione sono i due documenti?»

«Provengono dallo stesso settore della biblioteca del Serraglio. Presumibilmente l'uno è connesso all'altro.»

«Ora però mi devi spiegare una cosa.»

«Diciamo che potrei se lo ritenessi opportuno.»

«Naturalmente» replicai turbato da una risposta così gelida. Ma proseguii, cercando di dissimulare il mio disappunto: «Se il documento rubato si trovava in un settore blindato, sarà sufficiente sapere chi aveva le chiavi».

«Non è così semplice. C'è stato un guasto al sistema di allarme e per un certo periodo di tempo si sono aggirate diverse persone in quel settore.»

«E tu dov'eri?»

«In Europa, a un convegno di museografia.»

«Quindi non sei responsabile.»

«Io sono sempre responsabile.»

«Com'è quel documento? Voglio dire, l'aspetto esteriore come si presenta? E il sigillo, in particolare, com'è?»

Leyla aprì la borsetta, ne trasse una busta e me la porse. C'erano due fotografie: una del documento – una cartella di pergamena – e una del sigillo. Mi soffermai su quella esaminandola con un lentino che tenevo sempre nella tasca interna della giacca. E finalmente tutto mi fu meravigliosamente e incredibilmente chiaro! La folgorazione che già in precedenza avevo avuto, tanto veloce da non fissarsi nella memoria, era adesso diventata una piena, acquisita consapevolezza.

Concentrai a quel punto la mia attenzione sul sigillo. Era un monogramma costituito da sei lettere dell'alfabeto greco: lambda, alfa, ypsilon, sigma, omicron, ypsilon: Λαυσου, "di Lauso". Il nome del ministro di Teodosio, l'unico uomo, nel momento del cristianesimo trionfante, cui fosse permesso di tenere, nella sacra capitale di Costantinopoli, una galleria con i capolavori dell'antichità, scandalose immagini nude di atleti e di dei che dovunque, altrove, erano state distrutte o sfregiate.

Da quando avevo visto quell'immagine disegnata da Leyla su un tovagliolo del caffè del Museo archeologico il mio cervello non aveva fatto che scansionarla e analizzarla in continuazione sovrapponendola a un mio programma grafico che aveva tracciato un'ipotesi talmente audace che neppure io dapprima le avevo attribuito un valore reale. Finché le due immagini grafiche, quella della pergamena e quella del mio computer, non avevano coinciso perfettamente. Leyla dovette notare nel mio sguardo una eccitazione talmente forte da destare la sua meraviglia e la sua curiosità. Mi fissò intensamente con quei suoi occhi verdi da circassa, avvicinò il suo volto al mio e disse: «Che cosa ti succede, Flavio? Dimmi che cosa ti passa per la testa perché mi sembra di essere tornata indietro nel tempo... quando stavamo insieme. Ricordo ancora benissimo la stessa luce nel tuo sguardo quando facevi una scoperta, quando eri riuscito a sciogliere un enigma che ti aveva a lungo assillato».

Mi sembrò che mi avesse letto nella mente, che avesse capito con esattezza l'ipotesi folle che avevo concepito e a cui ormai credevo ciecamente.

«Il sigillo del secondo documento, questo nella foto è quello di Lauso, il ministro di Teodosio, il più grande collezionista di opere d'arte classica del mondo antico. Quel documento potrebbe contenere indicazioni che riguardano il pezzo più straordinario e spettacolare della sua collezione. Un oggetto per il quale molta gente sarebbe disposta a rischiare la vita!»

Leyla sgranò gli occhi: «Non riesco più a seguirti. Di cosa stai parlando? Dimmi che cos'è questo tesoro inestimabile».

Fui a un soffio dal rivelarle il mio segreto ma mi trattenni: «Non posso. Non ancora. Ma se vieni con me in albergo ti mostrerò il programma informatico che ho messo a punto e che mi ha consentito di giungere a questa conclusione. A quel punto avrai anche tu gli elementi per giudicare e per decidere se vuoi aiutarmi nell'esplorazione di questo enigma».

«Se quello che dici è vero» disse Leyla «tu stai per rendermi partecipe di un segreto preziosissimo. Te ne sono grata perché questo è un gesto, un gesto... non so come dire...»

«D'amore?» replicai.

«Forse» rispose Leyla improvvisamente pensosa.

Raggiungemmo l'albergo in taxi, ma Leyla non volle seguirmi: «Non posso salire con un uomo in una camera d'albergo a quest'ora. È estremamente disdicevole e ne andrebbe della mia reputazione. Meglio da me... Ti aspetto».

Salii in fretta nella mia stanza, aprii la porta e restai immobile sulla soglia a contemplare il tremendo sconquasso. Qualcuno aveva perquisito la camera da cima a fondo, buttato per aria il letto, squarciato il materasso il cui contenuto era sparso un po' dovunque, svuotato sul pavimento i cassetti, scassinato la piccola cassaforte in dotazione all'interno dell'armadio. Anche i miei abiti appesi in bell'ordine avevano subito la stessa sorte. Due giacche di Romeo Gigli erano state ridotte a strisce per cercare all'interno della fodera e dell'imbottitura delle spalle. Un lavoro minuzioso e devastante. Ovviamente la borsa del computer era sparita.

«Mio Dio...» mormorai appoggiandomi al muro.

Era una scena che avevo visto mille volte al cinema nei film d'azione eppure, dal vivo, mi sconvolse così profondamente che credetti di svenire. Sentivo che le gambe mi cedevano e dovetti respirare più volte a fondo per riprendere il controllo di me stesso. Feci per scendere, ma mi resi conto che sicuramente l'ingresso dell'albergo doveva essere sorvegliato. Mi incamminai giù per le scale di servizio diretto al seminterrato del garage e, mentre scendevo, chiamai Leyla con il cellulare.

«Leyla, ascolta: è successo un guaio. Esci di lì immediatamente. Io raggiungerò il retro e cercherò di nascondermi nelle stradine del vecchio centro. Trovati fra mezz'ora davanti alla vecchia stazione dell'*Orient Express*. Se non ci sono, fai un giro e torna dopo venti minuti, ma non fermarti mai. Se mi vedi, apri la portiera. Io salterò dentro, però tu non fermarti. Hai capito?»

«Sì, ma che cosa è successo?»

«Non ho tempo. Fa' come ti ho detto.»

La comunicazione s'interruppe perché ero già all'interno del sotterraneo, dove il segnale spariva. Uscii veloce dall'ascensore e mi diressi verso l'uscita pedonale del garage. Sembrava che andasse tutto bene, ma quando fui sul punto di uscire vidi una macchina nera parcheggiare di fronte all'uscita e fermare il motore. Aveva tutta l'aria di aspettare qualcuno e mi sembrò che ci fossero buone probabilità che quel qualcuno fossi proprio io. Forse c'era un'altra auto simile che presidiava l'ingresso principale. Mi ricordai di essere stato in quell'albergo da studente, quando era ancora un alloggio molto economico frequentato da ragazzi con poche pretese, e di aver dormito sul terrazzo superiore. Era costato quasi niente perché ci si sistemava sul pavimento con il sacco a pelo, ma la vista era da mozzare il fiato. Se il terrazzo c'era ancora, forse potevo trovare il modo di allontanarmi. Tornai all'ascensore e salii all'ultimo piano. La terrazza c'era, in effetti, anche se un cartello avvertiva: «*No admittance: danger*». La porta era sempre la stessa e l'aprii senza difficoltà. Mi si presentò lo spettacolo delle cupole illuminate di Sultan Ahmet da una parte, di Aya Sofia dall'altra e, verso sinistra, la mole imponente della Nuruosmanye Camy e della Suleymanie. Ma non c'era tempo per le meraviglie. Chiamai Leyla con il cellulare: «Sono io, Flavio. C'era una macchina di traverso davanti all'uscita del garage. Sto cercando di scappare da un'altra parte...».

«Stai bene?» chiese angosciata la voce di Leyla. E quel suo tono di premura mi fece piacere.

«Sì, per ora tutto bene. Sei sempre in taxi?»

«Sì, per un poco. Mi faccio portare a casa e prendo la mia auto: è una Toyota Corolla grigio metallizzato.»

«Va bene. Ci teniamo in contatto.»

«Stai attento» fece in tempo a dire prima che chiudessi la comunicazione.

Raggiunsi il bordo orientale del terrazzo e guardai giù: la macchina era ancora lì e all'interno vidi la brace di una sigaretta emanare un lieve alone rosso. Se ricordavo bene, dal lato settentrionale scendeva una vecchia scala antincendio che terminava in un vicoletto scuro.

C'era ancora, grazie a Dio, ma era più malandata di quanto ricordassi. La discesa era impedita da una transenna con l'avvertimento di pericolo. Fra i due mali scelsi quello che mi sembrava il minore e con estrema cautela spostai la transenna e cominciai a scendere. La scala era veramente malconcia, arrugginita in ogni sua parte e con i gradini corrosi dall'umidità e dalla salsedine. Dall'aspetto si sarebbe detto che non avesse avuto alcuna manutenzione dai tempi in cui frequentavo l'università e giravo il mondo con pochissimi soldi in tasca.

Gradino dopo gradino mi avvicinavo alla salvezza, ma dovevo stare attento anche a non fare rumore: qualunque cigolio o suono anomalo avrebbe attirato l'attenzione e la mia evasione avrebbe potuto avere termine nel peggiore dei modi. Si era alzato un vento freddo di tramontana che s'intrufolava sotto i vestiti e mi raggelava le membra, ma strinsi i denti e continuai a scendere. Ancora pochi gradini: sei o sette. Ma d'un tratto l'intensificarsi del vento e la forte umidità di quella notte di fine settembre ebbero la meglio sulla mia costituzione e scoppiai in un fragoroso sternuto. Udii dire in turco: «Di là!». Capii che ero nei guai e mi lasciai cadere a terra dal punto in cui mi trovavo. Sentii un gran male al ginocchio sinistro ma riuscii ad alzarmi e cominciai a correre in direzione del ponte di Galata attraversando le viuzze del centro antico.

Udivo lo scalpiccio dei piedi di chi mi correva appresso e lo sentivo avvicinarsi. Maledissi l'abitudine sedentaria che avevo preso da qualche anno e che m'impediva di correre più veloce, ma la paura mi metteva le ali ai piedi e mi avvicinavo a ogni passo a quel momento in cui, come si dice dalle mie parti, "si rompe il fiato", ossia superi la crisi respiratoria e costringi i tuoi polmoni a dilatare fino all'ultimo alveolo in disarmo e a pompare tutto l'ossigeno di cui hai disperato bisogno. Rallentai qualche secondo per guardare l'orologio: forse Leyla si stava avvicinando al luogo dell'appuntamento. Forse sarei riuscito a saltare sulla sua macchina.

Imboccai una strada in discesa a gran velocità. Era pavimentata con blocchi di basalto nero piuttosto levigato dall'uso e mi resi subito conto che mi era molto difficile mantenere l'equilibrio. L'aria umida della notte lo rendeva scivoloso e più volte rischiai di cadere rovinosamente. Se fossi caduto a quella velocità e con quella pendenza sarei rotolato fin dentro il Corno d'Oro.

Non potevo rallentare drasticamente: dovevo trovare un ancoraggio. C'era un lampione davanti a me sulla sinistra, diressi la mia corsa in diagonale verso quello e mi ci afferrai con la mano usandolo come perno e roteandogli attorno. Mi fermai con la schiena contro il muro di una casa d'angolo mentre i miei inseguitori sbucavano da una via laterale alle mie spalle. Non poterono vedermi e continuarono la loro corsa verso il basso in direzione della sponda del Corno d'Oro. Io ripresi subito la mia in direzione della vecchia stazione orientandomi a naso e tagliando trasversalmente il quartiere che stavo percorrendo. Mi faceva male la milza, la stanchezza si faceva sentire e il vento umido e fresco mi rapprendeva il sudore sulla schiena. Mi sarei buscato un accidente.

Sbucai in terreno aperto poco a nord della Selimye Camy. Ero fortunato: la stazione era davanti a me duecento metri in linea d'aria. Raccolsi tutte le forze e ripresi a correre, ma ormai avevo il fiato corto e trascinavo le gambe. Se mi fossero giunti alle spalle in quel momento, mi avrebbero preso senza sforzo. Da come si muovevano mi era sembrato che fossero assai più allenati di me. A mio vantaggio avevo soltanto la paura.

Cominciò a scendere una pioggerella fine e leggera ma insistente e l'asfalto si fece luccicante come uno specchio. Passavano rade le automobili, soprattutto i taxi, che sfilavano alla mia sinistra in direzione del Pierre Loti. Li tenevo d'occhio sperando ardentemente di vedere la Toyota grigio metallizzato di Leyla, l'angelo della notte che doveva salvarmi, e non osavo volgermi indietro temendo di vedermi spuntare alle spalle gli inseguitori.

Mi misi al passo per non attirare su di me l'attenzione oltre che per riprendere fiato e in pochi minuti sbucai sulla piazza della stazione dell'*Orient Express*.

Era vuota.

Non c'era un'anima. Guardai l'orologio: erano passati ventuno minuti da quando mi ero separato da Leyla. Mi accostai a un edificio e sbirciai indietro per rassicurarmi, ma ciò che vidi non era per nulla tranquillizzante. I due o tre che mi inseguivano (pensai che fossero loro, chi altri?) stavano salendo su una Anadol nera che mi sembrò la stessa che sbarrava il vicolo dietro il Pirlanta.

Non avevo scampo. Meglio correre via subito e nascondermi. Avrei telefonato a Leyla per darle un nuovo appuntamento. Misi la mano in tasca per cercare il cellulare e mi prese il panico: non c'era! Frugai in tutte le tasche ma senza esito: dovevo averlo perso chissà dove scapicollandomi giù per quelle viuzze della città vecchia. Dovevo intercettare Leyla assolutamente, altrimenti rischiavo di perdere il contatto con lei.

L'Anadol nera spuntò in quel momento nella piazza e la percorse lentamente da un capo all'altro tenendo i finestrini abbassati. Restai appiattito contro il muro nell'unica zona d'ombra aspettando che terminassero la loro ricognizione e riprendessero a incrociare lungo il Corno d'Oro. Ma mentre stavano per uscire dall'altra parte arrivò la macchina di Leyla: una Toyota grigio metallizzato che non poteva essere che la sua. Fui indeciso per un attimo, ma il fatto che non avessi più il cellulare m'indusse a tentare il tutto per tutto. Mi incamminai verso il centro della piazza e, quando fui poco distante dalla Toyota che sembrava manovrare per parcheggiare, la portiera posteriore destra si aprì. Leyla mi aveva visto nello specchietto retrovisore e mi prendeva a bordo. Velocissimo mi accostai, saltai dentro e la Toyota ripartì sgommando mentre tiravo un grosso sospiro di sollievo.

«Cristo santo, ancora un po' e mi scoppiava la milza!» esclamai. «Mi hanno fatto correre come un pazzo quei bastardi. Purtroppo ho perso il cellulare. Dev'essere stato quando mi sono gettato giù dalla scala dietro il Pirlanta. Magari potremmo ripassare di là e vedere se riesco a trovarlo.»

Leyla non rispose, e mi parve strano anche che non mi avesse detto niente mentre salivo a bordo. Guardai allora nello specchietto retrovisore già timoroso di scoprirvi ciò che in un attimo avevo intuito.

Non era Leyla.

Non erano suoi quegli occhi scuri e i capelli raccolti sulla nuca.

«Non credo che ripasseremo dall'albergo, signore, non c'è tempo. Ci aspettano in un altro posto.»

Nemmeno la voce era la sua, ovviamente. Mentre rallentava per girare a un incrocio cercai di aprire la portiera e gettarmi fuori. Era bloccata, naturalmente. Ed erano bloccati anche i finestrini.

«Stia seduto tranquillo e non si faccia venire strane idee» disse ancora. «Non vorrei doverle piantare una palla in fronte.» E mi mostrò la pistola che teneva appoggiata sul sedile anteriore.

Mi rannicchiai masticando amaro e cercando di capire dove mi stessero portando. La Toyota si diresse verso nordest, verso la porta di Edirne che si apriva nelle mura di Teodosio. Raggiunse uno spiazzo dalle parti del Londra Camping e prese in direzione di Yesilkoy percorrendo una strada bianca di campagna per diversi chilometri e terminando la sua corsa davanti a un capannone che aveva l'aspetto di un magazzino. La porta si aprì e la macchina entrò fermandosi quasi subito. Fui fatto scendere e condotto a un tavolo dove stava seduta una persona che non riuscivo a vedere in faccia. Il lume del tavolo infatti era puntato contro di me e la lampada era molto potente. Anche questa era una scena che avevo visto tante volte al cinema.

«Chi siete?» domandai subito. «Che cosa avete fatto alla mia ragazza? Cosa volete da me?»

«Sono io che faccio le domande e lei deve solo rispondere» disse un uomo con un tono che mi fece tremare. Dove mai mi ero cacciato? Come sarei uscito da quel maledetto imbroglio? A tratti avevo l'impressione di vivere in un incubo e che prima o poi avrei dovuto svegliarmi. Ma tutto era tremendamente reale in quel posto e il luogo era così isolato e fuori mano che nessuno sarebbe mai venuto in mio soccorso.

«Lei ieri ha cercato di acquistare una pergamena da Abdullah Unluoğlu...» esordì in un inglese passabile.

«Non ho fatto niente di strano. Unluoğlu ha sempre venduto e un sacco di gente ha comprato, incluso il sottoscritto. E poi, appunto, ho cercato, ma non ci sono riuscito. Questa mattina qualcuno mi ha restituito i soldi e non ho nessuna pergamena. Se la volete, chiedetela ad Abdullah. E adesso, se mi volete chiamare un taxi...»

L'uomo che stava dietro la lampada protese una mano fuori dal buio e appoggiò due fotografie sulla parte in luce del tavolo.

«Difficile, viste le sue attuali condizioni.»

Girai le foto verso di me: era quello che temevo. Abdullah era ritratto riverso al suolo in una pozza di sangue.

«La pergamena potevano averla due persone: o lei o lui. E lui non ce l'ha. La conclusione mi sembra ovvia.»

«Ovvia un accidente: gliel'avrà presa quello che gli ha sparato!»

«Gli abbiamo sparato noi. Possiamo assicurarle che non l'aveva.»

Mi sentii perduto, uno sgradevole formicolio mi passò sotto il cuoio capelluto e un brivido freddo mi percorse la schiena. Ero in mano a dei pazzi che avrebbero potuto ammazzarmi senza pensarci un momento. Cambiai subito registro: «Sentite, io voglio uscire da questa faccenda. Ho cercato di acquistare quelle pergamene ma Abdullah non me le ha vendute. Non so altro. Mi avete sventrato il materasso, buttato per aria la camera. Se volete mi lascio perquisire. Io non ce l'ho quella roba, come ve lo devo dire?».

L'uomo cambiò discorso: «Perché voleva quelle pergamene?».

«Colleziono pittura bizantina. Abdullah mi ha offerto quei dipinti perché erano di buona qualità ma avevano un prezzo abbordabile perché la pergamena era stata riutilizzata. Tutto qui.»

«Sa benissimo che non è tutto qui.»

Già: avevano preso il mio computer, ma quanto erano riusciti a capire dei miei appunti? Forse troppo poco? Forse troppo? Cercai di non scoprire le mie carte.

«Per me è tutto qui. Ma se voi mi dite a che cosa vi riferite, forse potremo capirci.»

«Non cerchi di fare il furbo. Sappiamo che lei ha scoperto qualcosa in quella pergamena. Qualcosa che non c'entra per nulla con le pitture. Lei non voleva acquistarla per i dipinti ma per i disegni che ci sono sotto. Di cosa si tratta?»

Erano riusciti a capire abbastanza. Tentai ancora una debole difesa: «Non so di che parlate. I disegni sono...».

«Che cosa?»

«Schizzi senza significato, tant'è vero che la pergamena è stata riutilizzata. Ditemi cosa avete fatto della ragazza.»

«Non la riguarda.»

«Invece sì. È la mia ragazza e avevamo un appuntamento, ma voi mi avete braccato come una bestia e poi avete preso la sua auto. Cosa avete fatto di lei?»

«Diciamo che dobbiamo farle qualche domanda.»

Decisi di bluffare, pensando che se avessi ceduto il mio segreto non avrei più avuto alcuna merce di scambio. Risposi: «Se sapessi qualcosa ve lo direi, in cambio della sua libertà, ma non so nulla. Vi prego di credermi. Per favore...».

«C'è qualcosa che ci può dire: chi è che le ha restituito i soldi?»

«Un ragazzo di forse sedici anni.»

«Ovviamente c'era qualcun altro che l'ha mandato: ha idea di chi fosse?»

«No. Non era l'uomo con cui ho trattato, Abdullah, sono certo. So solo che parlava molto bene l'italiano.»

Non udii alcuna risposta alla mia dichiarazione ed ebbi il tempo di chiedermi se avessi fatto bene o male a dire ciò che avevo rivelato. Restai in silenzio davanti alla luce accesa e alle foto che ritraevano il cadavere di Abdullah sparse sul tavolino.

Ripetei: «Vi ho detto tutto quello che so. Per favore, lasciatemi andare e lasciate andare la ragazza: lei non c'entra. È soltanto la mia... fidanzata».

Di nuovo non ebbi risposta e il silenzio mi turbava più di quando il mio interlocutore mi inquisiva. Mi chiedevo che cosa stesse accadendo quando udii uno scatto metallico e poi il rumore di un'auto che si metteva in moto e si allontanava.

Mi alzai e mi avvicinai al tavolo. Non accadde nulla. Allora girai lentamente la lampada dall'altra parte e illuminai una sedia vuota; dietro, un grande spazio deserto. Non c'era più nessuno.

Mi precipitai verso il portone ma era sbarrato dall'esterno. Corsi a un'altra porta, ma anch'essa era sprangata. Ero prigioniero e solo. Avrei potuto gridare, ma chi mi avrebbe sentito? Avevo ben visto al mio arrivo che la costruzione in cui mi stavano conducendo era completamente isolata. Erano le quattro del mattino: ero esausto, svuotato, avvilito. La stanchezza prevalse e mi addormentai su un sacco di segatura. Un sonno pesante e torbido infestato da ogni sorta di incubi. Per un attimo rividi anche la stupida scritta mobile al neon sul frontespizio di un piedistallo ma non riuscii a fermarne il significato, come non ci ero mai riuscito in precedenza. Poi sognai di essere in un ospedale e che qualcuno dei degenti si lamentava. Mi dava fastidio, non mi faceva riposare. A un certo momento gridai: «Basta!».

E mi svegliai.

Il primo istante fu molto doloroso perché dovetti prendere atto che l'orribile situazione che stavo vivendo quando mi ero addormentato non era mutata per nulla... a parte una cosa: quel lamento. Continuava insistente, benché sommesso. Mi stupivo anzi che un suono così debole avesse potuto farmi uscire dal sonno in cui ero precipitato.

Un poco di luce filtrava da sotto i portoni e dalle fessure fra il muro e gli spioventi del tetto. Avevo dormito meno di un'ora.

Dovevo capire da dove proveniva il lamento e perlustrai tutto l'edificio senza risultato. Salii anche su un paio di soppalchi dove erano ammucchiati scatoloni che dovevano aver contenuto dei ricambi per macchine operatrici. Discesi nuovamente a terra e chiamai: «C'è qualcuno? C'è qualcuno qui?».

Mi sembrò di sentire chiamare: «Aiutatemi!».

Era una voce che pensavo di riconoscere. Possibile? Urlai con tutto il fiato che avevo in gola: «Leyla!».

Mi rispose: «Flavio!».

Cercai di localizzare il punto da cui proveniva la voce di Leyla e concentrai la mia attenzione su un paio di pallet carichi di scatole di ricambi. Erano piene e molto pesanti. Per questo la voce arrivava fino a me così affievolita.

Cominciai a rimuovere le scatole una per una, poi i pallet, e mi trovai di fronte a una botola chiusa con un lucchetto. Era un lucchetto a barra, piuttosto robusto. Non potevo certo pensare di spezzarlo. Mi guardai intorno ma non vidi nulla che potesse servirmi a forzarlo. Era evidente. Non mi avrebbero lasciato libero di muovermi in quel luogo senza essere certi che la situazione non sarebbe mutata di un millimetro in loro assenza.

E i ricambi? Osservai la botola e vidi che le cerniere erano assai più deboli del lucchetto: forse avrei potuto agire su quelle se fossi riuscito trovare un attrezzo adatto. Certo questo non significava la libertà, purtroppo, ma almeno avrei riabbracciato Leyla e le sarei stato vicino, cosa che in quel momento mi premeva più di ogni altra.

Mi appoggiai alla botola e gridai: «Leyla, stai calma, amore, sto cercando di trovare il modo di raggiungerti!».

«Amore»? Non mi ricordavo di aver mai pronunciato quella parola quando stavamo insieme e mi stupii di averlo fatto proprio in quel momento.

Lei rispose: «Fa' in fretta, per favore!».

Mi diressi verso le scatole con i pezzi di ricambio e cominciai ad aprirle a una a una. La prima conteneva viti, bulloni e guarnizioni; la seconda angoliere sagomate di sostegno per strutture in ferro, forse per scaffalature. La terza dei giunti tubolari probabilmente per tensiostrutture. Non c'erano grandi possibilità. L'ansia montava man mano che aprivo quelle scatole e ne esaminavo il contenuto. La luce aumentava e temevo che questo avrebbe riportato indietro i miei carcerieri. Avevo anche fame e sete perché quel capannone in lamiera si stava riscaldando e io sudavo copiosamente.

Aprii la quarta. Sotto uno strato di carta oleosa con il marchio Turk Traktor vidi impilate in bell'ordine delle bielle da trattore. Ne presi una, infilai l'estremità dell'espansione semicircolare sotto la cerniera della botola e feci leva con tutto il mio peso. La cerniera si deformò ma non cedette. Dovevo espandere il braccio della leva per renderla più vantaggiosa. Tornai alla scatola con i tubolari da tensiostruttura, ne presi uno e lo infilai nell'estremità libera della biella. Ottenni così un braccio di leva cinque volte superiore. La cerniera cominciò a scricchiolare finché cedette.

Passai dall'altra parte ed eseguii la stessa operazione finché anche la seconda cerniera andò in pezzi e potei aprire la botola. Leyla era sotto di me, con le lacrime agli occhi.

Assemblai un mezzo di discesa con le reggette dei cartoni intrecciate una con l'altra. Le agganciai alla botola e mi calai di sotto. Ci gettammo l'uno nelle braccia dell'altro e restammo così a lungo. La sentivo vicina, parte di me, mi piaceva quel suo abbandono, quell'appassionato abbraccio che mi trasmetteva il suo calore e una fascinazione che avevo dimenticato per così lungo tempo. Mi feci forza per sciogliermi da lei e cercare di riprendere in mano la situazione.

Raggiunsi di nuovo il piano terra e aiutai Leyla a salire a sua volta. Sapevo che le sue mani delicate si sarebbero ferite afferrandosi alle reggette dure e taglienti e mi guardai intorno per vedere se avessi potuto trovare qualcosa per proteggerla. Un giornale. Separai le pagine una dall'altra e ne feci qualcosa di simile a dei guanti con cui le fasciai le mani, poi l'aiutai a salire spingendola da sotto e, appena si fu issata oltre la botola, salii a mia volta. Finalmente eravamo di nuovo insieme.

«Ma cos'è successo?» le chiesi appena fui riuscito a riprendere fiato.

«Quando ho fatto il giro per venire a prenderti alla stazione ho imboccato una delle piccole strade dietro la Selimye e mi sono trovata bloccata da una parte e dall'altra. Hanno avuto buon gioco: hanno preso la mia Toyota e mi hanno infilata in una delle loro macchine. In poco tempo mi hanno trasferita in questo posto.»

«È strano. Non capisco perché ci abbiano rinchiusi nello stesso edificio. Evidentemente ciò che li interessa ha a che fare con tutti e due.»

«Già.»

«La pergamena. Hai riconosciuto qualche voce, qualche gesto che ti possa portare a identificare qualcuno?»

«Assolutamente no.»

«Lo sai che hanno ammazzato Abdullah Unluoğlu?»

«No, non lo sapevo. Gran brutta faccenda.»

«Già, e non vorrei finirci incastrato: sono uno degli ultimi che lo hanno visto... Senti, dobbiamo andarcene prima che ritornino.»

«E come? Hai intravisto qualche via di uscita per caso?»

«Temo che, se ci fosse, non mi avrebbero lasciato libero qui dentro.»

Leyla cominciò a perlustrare le pareti per controllare che ci fosse qualche possibilità. A un tratto si fermò davanti a una fessura nelle lamiere: «Accidenti, guarda!».

«Che cosa?»

«C'è la mia Toyota là fuori. Se potessimo uscire saremmo salvi: ho una seconda chiave nella cintura dei jeans. La porto sempre per precauzione.»

«Non lo so... forse potrei usare la biella che ho adoperato per scassinare la botola. Cercare di allargare quella fessura...»

Udii in quel momento il rumore di un motore di automobile e lo scricchiolio delle gomme che si fermavano sulla ghiaia: «Troppo tardi: sono già qui».

Leyla mi corse accanto e si aggrappò al mio braccio.

«Che cosa facciamo ora?» domandò.

Ebbi un'idea: «Conosci la storia di Ulisse e Polifemo?».

«Come no? Ma non vedo pecore né montoni qui.»

«Lo so. Voglio dire che appena aprono sgusciamo fuori e cerchiamo di bloccare la porta. Tu corri alla Toyota, metti in moto e schizziamo via.»

Leyla annuì. Tolse la chiave dalla cintura e mi strinse forte il braccio.

«Vienimi dietro» dissi.

Raggiunsi il punto dove erano impilati gli scatoloni con i ricambi e mi infilai assieme a Leyla fra i due pallet più grossi. Lo spazio era a malapena sufficiente: dovevo trattenere il fiato.

Udii la chiave girare nella toppa, e subito dopo entrarono due uomini, gli stessi che mi avevano sequestrato davanti alla stazione dell'*Orient Express*.

Si guardarono intorno per un attimo, videro la botola scardinata e corsero da quella parte. Strinsi la mano di Leyla dicendo: «Ora, corri!».

Leyla si lanciò verso l'esterno, io la seguii e subito cercai di puntellare la porta incastrando la mia biella sotto il battente. Poi corsi verso la Toyota che Leyla aveva messo in moto e saltai a bordo al volo. La macchina schizzò via come un fulmine scaraventando la ghiaia contro la parete del magazzino che risuonò come sotto una grandinata.

Guardai indietro: erano riusciti ad aprire il portone e stavano saltando in macchina. Cercai di valutare la distanza fra i due veicoli: non più di tre-quattrocento metri. Sarebbe bastato un qualunque ostacolo sulla nostra strada e ci avrebbero raggiunti. Né io né Leyla avevamo più il nostro cellulare: io lo avevo perso, a Leyla lo avevano preso. Non potevamo chiamare aiuto e non c'era speranza che qualcuno accorresse a darci una mano.

«Cerchiamo di scambiarci di sedile!» gridai. «Io ti passerò dietro, tu scivola fra me e il volante!»

Leyla obbedì e fece come le avevo chiesto. Mentre scivolava davanti a me verso il sedile di destra il contatto così ravvicinato del suo corpo mi trasmise un brivido a dispetto della situazione assurda in cui mi trovavo. Afferrai il volante e riuscii a tenere la macchina in strada. Sapevo cosa fare per non ricadere in mano a quei due.

Schiacciai l'acceleratore a tavoletta e mi diressi verso la statale mantenendo quasi invariato il mio distacco dagli inseguitori.

«Se riusciamo a raggiungere il Londra Camping siamo salvi!» dissi. «So dove non potranno mai trovarci.»

«Ma che cosa volevano da te?» chiese Leyla. «Ti hanno chiesto qualcosa di specifico?»

«Mi hanno chiesto perché volevo quella pergamena.»

«C'era da immaginarlo, e tu cosa gli hai detto?»

Un enorme autotreno sbucò alla mia sinistra da un dosso tagliando la curva e sfiorando il fianco della macchina a non più di mezzo metro di distanza e per di più suonò un clacson che sembrava una tromba del Giudizio. Mi andò il sangue ai piedi ma corressi la traiettoria e riuscii a riprendere l'assetto. Sperai che andasse peggio ai miei inseguitori, e invece li rividi, ben presto, nello specchietto retrovisore che venivano avanti a tutta velocità.

«Gli ho detto che mi interessavano le pitture bizantine, ma non ci hanno creduto. Hanno portato via il mio computer e mi chiedo quanto siano riusciti a capire dai miei file.»

Eravamo ormai all'altezza del Londra Camping e mi infilai nel parcheggio fermando la macchina dietro un gruppo di cespugli di oleandro. Feci scendere Leyla, la presi per mano e cominciai a correre in direzione di una bassa costruzione sul fondo tenendomi al riparo dietro una siepe.

«Dove stiamo andando?» domandò Leyla ansimando.

«Sono stato in questo camping l'ultima volta ventitré anni fa. Spero di trovarlo come l'ho lasciato.»

Raggiungemmo l'edificio delle lavanderie. Ricordavo che dietro c'era un dumper quasi completamente interrato dove gettavano i cartoni degli imballaggi.

Corsi attorno all'edificio e raggiunsi il dumper: c'era ancora! Ed era ancora usato per lo stesso scopo.

Mi tuffai all'interno trascinando con me Leyla e ci nascondemmo fra i cartoni aspettando immobili e in silenzio. Un piccolo spiraglio opportunamente lasciato ci permetteva di dare un'occhiata a ciò che stava succedendo. Passò del tempo: una decina di minuti durante i quali mi immaginavo che gli inseguitori avessero seguito le nostre tracce fino al camping e probabilmente localizzato la Toyota. Ora dovevano essere in giro per il campeggio a cercarci. Restammo ancora immobili per quasi mezz'ora. Se non sapevano dell'esistenza del dumper avrebbero esaurito la perquisizione e se ne sarebbero andati. Almeno così speravo. Ma dovevo sincerarmene e quindi, con estrema cautela, sollevai prima la testa e poi il resto del corpo fino ad avvicinarmi al bordo del dumper.

Potei finalmente vederli: in jeans, giubbotto e occhiali scuri, caricature di bulli da miniserie televisiva, si stavano aggirando fra le tende a una distanza di una ventina di metri l'uno dall'altro. Arrivarono fino all'edificio delle lavanderie e mi tenni pronto a immergermi nuovamente fra i cartoni, ma lì si fermarono. Si riunirono presso l'angolo nord dell'edificio, si consultarono per un poco e tornarono verso il parcheggio. Eravamo salvi. Feci cenno a Leyla di alzarsi e di accostarsi al bordo del dumper. «Sembra che se ne stiano andando».

«Magari...» sussurrò la ragazza.

Potei seguirli dal mio osservatorio finché non giunsero al parcheggio. Lì li persi di vista ma sentii il rumore di un motore che si accendeva e poi si dileguava in lontananza. Aspettammo ancora un po' per essere sicuri che non fosse un tranello per farci uscire allo scoperto, poi uscii da solo in ricognizione. Raggiunsi il parcheggio stando al riparo dietro la siepe e vidi che l'Anadol nera era scomparsa. La Toyota invece era ancora al suo posto in perfetto ordine. Andai a chiamare Leyla, ma quando lei andò a sedersi al posto di guida la fermai: «Questa macchina è troppo visibile e scommetto che ci aspettano al varco dopo essersi assicurati che non c'è altra uscita. Prendiamo un autobus. Torneremo a recuperare la macchina appena possibile».

Leyla convenne che la mia era una saggia decisione e se ne convinse definitivamente quando vide l'Anadol nera ferma in una piazzola di sosta a cinque chilometri dal camping in direzione di Istanbul.

«Se avessimo preso la Toyota, li avremmo già alle costole» disse.

Non risposi perché da un po' di tempo mi ronzava una strana idea nel cervello.

Leyla se ne accorse: «Non sei d'accordo?».

«Oh, sì, senz'altro. Anzi, sono quasi sicuro che ci troveranno comunque, dovunque io vada.»

«Non capisco. Cosa intendi dire?»

«Intendo dire che secondo me ci sei tu dietro tutta questa faccenda.»

«Stai scherzando...» disse Leyla guardandomi incredula.

«Per niente. In primo luogo ti sei fatta viva con me dopo tanti anni senza un motivo apparente.»

«Avevo bisogno di consultarmi con te, forse anche di sentirti. Ti sembra strano?»

«Un po' strano, sì...»

«Eppure anche tu mi hai dimostrato di provare ancora qualcosa per me... a meno che non mi sia sbagliata.»

Non raccolsi la provocazione e continuai nella mia requisitoria: «Poi il fatto che mi hai tirato dentro questa faccenda della pergamena».

«Sei stato tu a chiedermi che cosa avevo.»

«Vero. Però sarei stato cieco a non accorgermi del tuo improvviso cambio di umore. Tu hai voluto che ti chiedessi che cos'avevi perché avevi già pronta la risposta.»

«Sei pazzo...»

«E la macchina, allora? L'avevi parcheggiata a casa tua, ovviamente, dalle parti di Istiklal çaddesi. Allora vediamo: dal mio albergo, anche in taxi, ti ci sarebbero voluti almeno venti minuti. Qualcuno ti aggredisce e ti sequestra: ci vorranno, dico, almeno cinque, dieci minuti per prenderti, immobilizzarti e metterti su un'altra macchina. Poi chi guida la Toyota viene all'appuntamento con me al posto tuo e, se non vola, avrà bisogno di almeno altri quindici minuti. Come ha fatto la tua macchina a essere davanti alla stazione dell'*Orient Express* in mezz'ora scarsa? E chi gli ha detto che io sarei stato là?»

«Come posso saperlo? Avranno preso una scorciatoia. E, per quello che ne so, potrebbe essere stato il tassista che ci ha sentiti parlare.»

«E inoltre la storia della chiave: chi ti ha preso la Toyota aveva la chiave. Chi gliel'ha data se non tu?»

«Lo capirebbe uno stupido che me l'hanno presa!» sbottò.

«E come facevi ad averne un'altra con te? La chiave di riserva uno la tiene sempre a casa. Non ha senso portarsela appresso. E non basta. La morte di Abdullah Unluoğlu è una messinscena per spaventarmi. Quando ti ho confezionato i guanti per salire in superficie e non tagliarti le mani con le reggette il giornale l'ho guardato. Non c'era nessuna notizia di un omicidio.»

«Facile. Non hanno ancora scoperto il cadavere.»

Leyla ribatteva colpo su colpo, ma stava cominciando a perdere il controllo dei nervi. Continuai a incalzarla.

«Ammettiamo che l'omicidio di Abdullah sia vero: secondo quello che mi hanno detto quei due tizi lo hanno ammazzato loro. E per quale motivo? Perché la pergamena conteneva informazioni molto più importanti delle pitture. Me l'hanno fatto capire benissimo, e dunque lo sapevano. E siccome non gliel'ho detto io, glielo devi aver detto tu. I documenti del mio computer sono scritti in un linguaggio molto difficile da decifrare.»

Leyla questa volta non rispose né replicò in alcun modo. Ma non perché non sapesse cosa rispondere. Il motivo era un altro: non lo faceva perché stava pensando. Ma a che cosa? Non volevo lasciarle il tempo di organizzare una reazione.

«Solo vorrei sapere che cosa gli hai detto» continuai imperterrito «visto che io non ti ho ancora manifestato la mia teoria. Forse quell'altro documento della tua biblioteca non è proprio intatto. Forse sei riuscita a vedere che cosa contiene senza rompere i sigilli? Parla, maledizione, non tenermi in questa situazione assurda!»

Avevo alzato troppo la voce e un paio di passeggeri si erano voltati verso di me con aria seccata. Annuii per scusarmi e proseguii in tono più basso. Leyla continuava a meditare in silenzio e questo mi dava fastidio. Procedetti con la mia requisitoria: «E poi, sai che ti dico? Nel periodo che mi hai detto non c'era nessun congresso di museografia in Europa: l'ho scoperto su Internet. Quindi hai mentito anche su questo come probabilmente su chissà quante altre cose».

«È vero» rispose Leyla. «Su questo ho mentito, ho dovuto assentarmi dall'ufficio per fatti miei che non ti riguardano.» Mi fissò come se le avessi detto cose che non la interessavano per nulla, poi domandò: «Hai detto che quando eri al caffè al bazar qualcuno che non hai visto in faccia ti ha parlato».

«Cosa c'entra questo con quello che...?»

«C'entra e come. Ascoltami bene e cerca di ricordare. Non hai notato nulla di particolare nella sua voce?»

«Ma cosa stai dicendo? Ti sto accusando di tradimento e tu vuoi sapere che voce aveva quello stronzo?»

«Un accento... un'inflessione, una pronuncia particolare. Niente? Non hai notato niente? Eppure sono certa che la ricordi bene quella voce.»

«Come se fosse appena successo» risposi.

«Allora?»

«Parlava molto bene l'italiano e arrotava lievemente la "r".»

«Avrei dovuto capirlo subito.»

«E ti dispiace far capire qualcosa anche a me?»

«Mio fratello. Era certamente lui. Lui sa tutto: è l'unica persona al mondo con cui mi confido. È una debolezza, lo so, ma la solitudine è brutta.»

In quello stesso istante riudii la voce di quell'uomo al telefono, quando avevo chiamato per la prima volta il numero di Leyla. Come mai non mi era venuto in mente prima?

L'autobus aveva già attraversato le mura di Teodosio e si stava avvicinando all'università.

«Forse è meglio se scendiamo alla prima fermata» dissi. «Almeno possiamo decidere dove ci conviene dirigerci.»

Trovammo un caffè un po' appartato a poche decine di passi dalla fermata del bus e ordinammo qualcosa. Eravamo sfiniti e affamati.

Il *çay* bollente e un po' di ciambelline di sesamo costituirono un momentaneo cessate il fuoco, ma tutti e due eravamo ben consapevoli di dover a quel punto scoprire le nostre carte.

«Allora, se ho ben capito, ti sei confidata con il fratellino dicendogli che quella pergamena in realtà nasconde qualcosa di molto più importante dei santi e delle madonne che vi sono dipinti... ma perché, dico io; che bisogno avevi di parlargli di quella roba?»

«Te l'ho detto. Sono sola, la mia famiglia mi ha praticamente ripudiata e lui è sempre stato l'unico a mantenere un contatto, a mostrarmi affetto e comprensione... Io gli ho sempre detto tutto. Pensavo che lui avrebbe fatto capire alla mia famiglia che ero una persona di valore, che forse sarei diventata importante...»

«Non capisco... tante storie solo per il fatto che vivi da sola a Istanbul. Santo cielo, ma questa è la Turchia, è un paese laico. C'è un sacco di donne qui a Istanbul che convivono senza essere sposate, lo so...»

«Non ho mai detto che convivo con qualcuno.»

«Allora qual è il motivo di tanta ostilità da parte dei tuoi famigliari?»

«Non li conosci» ripeté. «Loro sono terribili. Mio padre voleva... lasciamo perdere. E ora anche Osman mi ha tradita. Non so con chi. Io non li ho mai visti quelli, te lo giuro. Posso immaginare che si tratti di trafficanti di alto bordo, gente che ruba su commissione e che è disposta a rischiare. Qui le leggi sono severissime.»

«Ma avrà pur avuto un motivo. Uno non fa una carognata del genere alla propria sorella senza un motivo. Ti ha messo in mano a dei criminali: bel bastardo!»

Leyla chinò il capo. Imbarazzo, vergogna, dolore certamente. Ma io continuavo a non capire.

«Giocava...» disse con grande difficoltà «e perdeva. Grosse somme.»

«È quello che ti avevo suggerito, in un certo senso.»

«Già. Tu hai sempre ragione.»

Lo disse con un tono malinconico che mi commosse. E in quell'improvvisa commozione mi balenò in mente la strana scritta che in sogno avevo visto alla base della statua nel tempio, e per la prima volta da quando mi succedeva riuscivo a leggerla, in caratteri luminosi, al neon. Scorrevano da sinistra verso destra come nelle scritte pubblicitarie: *Rahatsiz ettiğimiz için özür dileriz sigin içinçalişiyouruz.*

«Che cosa significa in turco *Rahatsiz ettiğimiz için özür dileriz sigin içinçalişiyouruz?*» domandai improvvisamente.

Leyla mi guardò come fossi un pazzo: «Ma che stai dicendo, dai i numeri?».

«Per favore, dimmi che cosa significa. È importante.»

«Mah... mi sembra ridicolo. Ma se ti interessa tanto, significa: "Lavoriamo per voi, scusate l'incomodo".»

«Come? Tutto qui?»

«Tutto qui, perché?»

«Ma non è possibile. È una scritta che mi appare in un sogno ricorrente da qualche tempo, all'interno di un tempio greco. Non può essere una simile banalità.»

«Spiacente. Il tuo oracolo è uno stupido avviso stradale. Ma che c'entra?»

«C'entra, c'entra...»

Mi resi conto che la nostra conversazione stava scivolando nel surreale. Dovevo riportarla nel solco del razionale o avrei veramente cominciato a dare i numeri.

«Senti... ricapitoliamo, per favore, se no divento matto. Allora, qualche tempo fa tu cominci a esaminare con una certa attenzione un paio di documenti della biblioteca del Serraglio e ne rimani colpita. Ci sono elementi che ti fanno pensare alla possibilità di una grossa scoperta. Ti viene anche in mente che io sono uno specialista nelle tecnologie costruttive dell'antichità e pensi che potrei darti una mano, giusto?»

«Giusto» ammise Leyla.

«A quel punto decidi di rimetterti in contatto con me, fingendo qualcosa di simile a un ritorno di fiamma.»

«Al quale non hai mai creduto, se capisco bene.»

«Avrei dovuto?»

«Lasciamo perdere.» Lo disse di nuovo con un tono malinconico che mi colpì. «Vai avanti.»

«Il disegno che mi hai tracciato sul tovagliolo mi ha fortemente impressionato e tu te ne sei accorta. E quando ho visto l'originale da Abdullah, ancora di più.»

«Ma non hai scoperto le tue carte.»

«Non per diffidenza o per altro, solo perché non ero ancora sicuro. Per questo ti avevo invitata da me in albergo: per farti vedere i grafici che avevo realizzato al computer. Il resto lo sappiamo.»

«Già. E io che pensavo che volessi provarci.»

«Avevi pensato giusto... Quando ne hai parlato con tuo fratello?»

«La prima volta dopo che ti ho scritto e dopo che ho avuto le tue prime risposte. Mi era sembrato di capire che la pergamena del documento numero due avesse per te un'importanza particolare.»

«Lo aveva, infatti.»

«E mio fratello ha pensato probabilmente a un valore commerciale, mentre per noi aveva solo un valore di conoscenza.»

«Questo non è detto» replicai. «Tuo fratello in realtà aveva visto giusto anche se non aveva idea di dove cercare quel valore. Secondo me a quel punto si è appoggiato a qualcun altro, a un gruppo di trafficanti pericolosi che lo ha emarginato prendendo in mano completamente l'intera operazione. Forse il povero Abdullah ci ha davvero rimesso la pelle e sta da qualche parte in fondo al Bosforo con una pietra legata ai piedi.»

Mi guardò angosciata: «Pensi davvero che mio fratello sia in pericolo?».

«Non lo so. Però ho detto a quei due che la persona che mi ha parlato al bazar e che sapeva della pergamena si esprimeva in italiano molto bene. Subito dopo sono spariti e la cosa non lascia prevedere gran che di buono. Ma forse stiamo costruendo un castello di fantasie senza fondamento. Una cosa è certa: finché siamo in tempo dobbiamo unire le nostre conoscenze. Dobbiamo fidarci l'uno dell'altra. Giocare a carte scoperte e battere tutti sul tempo, se ci riusciamo.»

Il rumore del traffico all'esterno era ormai al massimo. Era l'ora in cui il mercato è gremito, avrebbero detto gli antichi, e la città si muoveva a pieni giri. Per un attimo inseguii un pensiero sfuggente... Mi riscosse la voce di Leyla: «Comincia tu» disse perentoria. «Che cos'è quel traliccio di travi e tavole rappresentato nella pergamena del documento numero due?».

Esitai per un momento e fui sul punto di dirle tutto, ma una residua prudenza mi trattenne. «Ascoltami» risposi. «Io te lo direi anche subito ma credimi, è meglio di no. Sapere questa cosa potrebbe essere pericoloso per te e non avrebbe senso finché io non ne sarò sicuro. Correre un rischio per qualche cosa ha un senso, correre un rischio anche grave per nulla è da stupidi. Quindi ti chiedo di avere fiducia in me... da ogni punto di vista. Non so né voglio sapere nulla della tua vita privata ma ti prego di credere che ti voglio bene, che farei per te qualunque cosa, e che vorrei non averti mai lasciata andare.»

Leyla abbassò lo sguardo. Forse per nascondere la sua reazione emotiva alle mie parole? Non avrei potuto dirlo, ma mi piaceva pensarlo. Ripetei: «Ti chiedo di avere fiducia in me, di mostrarmi quel documento perché io possa vedere se corrisponde a quello che penso e spero. Ti dirò il resto e ti assicuro che ne sarà valsa la pena».

Leyla restò in silenzio.

«Ti prego» insistetti.

Leyla alzò lo sguardo. «Sta bene» disse con voce ferma. «Ma non chiedermi altro.»

Non cercai nemmeno di interpretare quelle parole per non leggervi un significato sgradevole che non volevo conoscere. Annuii in silenzio. «Bene. Adesso cerca di ricordare: che cosa contiene il documento numero uno. Perché tu l'hai visto, non è vero?»

«Sì, sono riuscita a leggere parte del contenuto senza rompere il sigillo aprendo le alette laterali della busta e usando una luce e degli specchi, per cui è ancora intatto come hai visto nella fotografia.»

Il battito del mio cuore accelerò improvvisamente a un ritmo così elevato che mi sentii soffocare. Leyla se ne accorse.

«Calmati» disse. «Non c'è gran che. Se riusciremo ad arrivare a casa mia, ti mostrerò una riproduzione.»

«Non prenderla alla larga, accidenti, vieni al sodo: che cosa c'è in quel maledetto documento?»

«C'è la pianta di un edificio... si direbbe una chiesa.»

«Cioè una sala al centro e un'esedra su uno dei lati brevi?»

«Io l'avevo presa per un'abside: come lo sai?»

«È così?»

«Esattamente così.»

«Continua, per favore.»

«Sui lati lunghi ci sono una serie di nicchie con un quadrato al centro di ciascuna contrassegnato da una lettera dell'alfabeto.»

«C'è qualcosa anche nell'esedra?»

«Sì. Un altro quadrato. Molto più grande, che mi ha fatto pensare a un altare...»

«Allora non è un quadrato, è un rettangolo.»

«No. È un quadrato, ne sono sicura. Un quadrato contrassegnato da una lettera.»

«Zeta?»

«Sì, proprio così. È una zeta.»

«Allora dobbiamo andare, devo vedere quel documento a ogni costo. Secondo me non è una chiesa, è una casa privata, e credo anche di sapere di chi era: lo stesso uomo che ha lasciato il suo nome sul sigillo del documento.»

«Lauso?»

«Proprio lui.»

Leyla restò pensosa per qualche tempo, evidentemente combattuta fra impulsi diversi. Alla fine mi fissò di nuovo negli occhi e disse: «Sta bene, ma voglio la tua parola che l'involucro e il sigillo resteranno integri».

«Hai la mia parola. Ti giuro che non farei mai nulla che potesse danneggiarti. In fondo la mia avventura con Abdullah aveva anche lo scopo di recuperare un oggetto che ti era necessario per salvare la tua posizione.»

«Allora andiamo. Ma prima devo trovare un cellulare: non posso restare senza. Quei bastardi me l'hanno sequestrato.»

«Anche a me serve un telefono» risposi, e la seguii a piedi fino a un negozio guardandomi intorno continuamente. Mi aspettavo che in qualunque momento potessero di nuovo apparire i nostri inseguitori. Ero talmente teso e spaventato che non pensai che fossero più intelligenti e capaci di un'opzione differente.

Entrammo in un negozio e comprammo due telefoni ultimo modello con videocamera. Poi saltammo su un taxi e ci dirigemmo verso il centro. Cominciai a sentirmi di nuovo più eccitato che spaventato: l'idea di vedere quel primo documento teneva completamente occupata la mia mente. Non riuscivo a pensare ad altro. Mi riscosse soltanto la voce di Leyla che telefonava sottovoce e riuscii a catturare dal turco le sue ultime parole – «Sì, caro, ti penso sempre...» –, perché una volta le diceva a me, e mi ferirono. Che cos'era mai? Potevo pensare che mi fosse restata fedele senza scopo né motivo per tutto quel tempo? Che non avesse una storia con qualcuno? Mi aveva detto di non avere un marito, non di essere priva di relazioni sentimentali. Mi vennero alla memoria scene che avevo vissuto con lei, immagini della sua intimità e mi sentii turbato, confuso, e infine irritato con me stesso. Dovetti ammettere che quella assurda gelosia fuori tempo era un sentimento che in quel momento aveva preso il sopravvento su tutto il resto. Mi sentivo psicologicamente instabile e la cosa mi dava non poco fastidio.

Bene, sarebbe passata, che diavolo!

«Hai qualcosa?» mi chiese Leyla.

«No, niente, pensavo...»

«Anche io» rispose Leyla con un sospiro. Poi formò un altro numero e fece una seconda chiamata. Riuscii a capire che parlava con una donna e anche a percepire la sua voce nel telefono.

«Ci fermiamo da una mia amica, nel caso qualcuno ci aspettasse a casa mia» disse subito dopo.

«Buona idea. Stavo per suggerirtelo.»

Leyla disse qualcosa all'autista, si lasciò andare sullo schienale del sedile e appoggiò la testa sulla mia spalla come per riposare. Io le passai la mano attorno alla vita e la strinsi delicatamente a me. Usava ancora lo stesso profumo orientale di quando l'avevo conosciuta.

Raggiungemmo la nostra meta nel volgere di una mezz'ora: un villino di mattoni e tavole di legno, ben tenuto, con un giardinetto attorno e un orticello di fianco con alcune piante di pomodoro e basilico. L'amica di Leyla era una ragazza sulla trentina di nome Fatma, sua compagna di liceo, molto magra ma carina, impiegata nell'ospedale municipale. Ci venne ad aprire e ci scaldò qualcosa che aveva in frigorifero: Leyla doveva averle detto che non avevamo mangiato quasi niente nelle ultime venti ore.

«Ma che cosa vi è successo?» domandò Fatma. Non avevo fatto i conti con la sua curiosità. Leyla le raccontò qualcosa sottovoce di cui riuscii a captare solo le ultime parole: «... vai tu da lui: digli che rimango fuori fino a tardi... che ci vediamo domattina», poi altre frasi che non riuscii a capire. Fatma ascoltò con attenzione come se dovesse memorizzare delle istruzioni, poi prese un mazzo di chiavi che Leyla le porgeva e uscì. Un minuto dopo sentii la sua auto mettersi in moto e allontanarsi nel traffico.

«Dov'è andata?» domandai.

«A casa mia, a prendere le chiavi e la scheda per disinserire l'allarme. Appena fa scuro andiamo alla biblioteca.»

"Che Dio ce la mandi buona" dissi a me stesso.

Finito di mangiare, Leyla si sedette in poltrona e si assopì. Io ero troppo teso per addormentarmi e restai a guardarla a lungo, non so per quanto tempo, ma a ogni minuto che passava mi sentivo sempre più vicino a lei, ma sempre meno sicuro per ciò che riguardava i suoi sentimenti nei miei confronti. Pensavo a quel bacio che le avevo dato in taxi e che lei aveva ricambiato con un certo calore, forse solo un momento di abbandono. O era stato qualcosa di più? E quei brandelli di frasi che riuscivo a captare di tanto in tanto che mi turbavano? Pensavo a quello che sarebbe successo di lì a poche ore: forse una grande, straordinaria scoperta, o forse tutto sarebbe finito in una bolla di sapone e io sarei ripartito di lì a due o tre giorni e non l'avrei rivista più...

Eppure lei sembrava tranquilla. Dopo tutto quel trambusto dormiva con un respiro lungo e regolare che le sollevava ritmicamente il seno rotondo sotto il pullover sottile. A un certo punto lasciai due righe sul tavolo e uscii per farmi una camminata e fumare una sigaretta seduto su una panchina lungo il Bosforo.

Il mio umore andava e veniva: a volte mi sentivo eccitato e impaziente di sciogliere il mio rompicapo, a volte mi sentivo stanco, sfiduciato e depresso e avrei voluto essere nel mio museo di provincia a classificare e a schedare reperti d'importanza secondaria.

Quando rientrai, era passato un bel po' di tempo e si era fatto buio. Leyla si era svegliata e stava preparando un *çay*. Fatma entrò poco dopo.

Le due ragazze si salutarono, Fatma estrasse dalla borsetta una busta e la consegnò a Leyla.

«È andato tutto bene?» chiesi.

«Sembra di sì» rispose Leyla. «Ha seguito le mie istruzioni, è entrata dalla porta di servizio e non ha visto nessuno in giro. Penso che possiamo stare tranquilli.»

«Tranquilli...» ripetei meccanicamente. «È una parola.»

«Io direi di andare» disse Leyla.

«Adesso?»

«E quando se no? Se entro ora e qualcuno mi vede è ancora un orario decente, se aspetto quando è molto tardi la cosa diventa sospetta.»

«Hai ragione. Muoviamoci.»

Salutammo e ringraziammo Fatma che ci abbracciò e baciò ripetutamente come se intuisse qualcosa, poi salimmo in macchina e ci dirigemmo in direzione della biblioteca. La città era piena di luci e di traffico, risuonava di mille rumori e richiami e dopo un poco dagli altoparlanti dei minareti si diffuse anche la voce dei muezzin che chiamavano alla preghiera. Nelle vetrine dei ristoranti l'*adana kebab* ruotava lentamente sullo spiedo facendo colare grasso di pecora.

Parcheggiammo in fondo alla piazza di Aya Sofia perché Leyla aveva il suo contrassegno sul cruscotto e quella cosa mi diede una carica di ottimismo. Nessun altro che non fosse autorizzato poteva arrivare fin sotto la basilica di Giustiniano senza essere bloccato dalla polizia. Leyla scomparve dentro una porta laterale di Topkapi e io restai in auto con i finestrini abbassati a fumare e a mangiarmi le unghie per il nervosismo. Continuavo a guardarmi intorno per vedere se ci fosse qualcuno e non riuscivo a scorgere nessuno. Ma pensavo anche che, se qualcuno ci fosse mai stato, probabilmente avrebbe avuto l'avvertenza di non farsi vedere. Leyla ritornò dopo mezz'ora scarsa. Sembrava veramente che tutto potesse filare liscio. Entrò veloce in macchina e richiuse la portiera.

«Ce l'hai?» domandai ansioso.

«Certo che ce l'ho. Eccolo qua.»

Aprì la sua borsa ed estrasse il prezioso reperto. Era una busta di cuoio, molto antica, chiusa con un cordone che passava dentro un occhiello sigillato con una sostanza simile alla ceralacca, ma che avrebbe potuto essere anche pece o asfalto. Due alette laterali erano ripiegate sotto la parte chiusa dal sigillo.

«Hai qualcosa per tirarle fuori?» chiesi indicando le alette.

«L'ho già fatto una volta. Oramai sono capace» rispose tranquilla Leyla. Prese dalla borsetta un pettine, infilò il manico di plastica dentro una delle alette e la fece uscire di sotto la falda ripiegata e sigillata e ripeté poi la stessa operazione con l'altra.

«Vedi?» disse, tenendo sollevata la falda sigillata con lo stesso attrezzo. «Riusciamo a vedere una parte del documento, quella che ti ho descritto.» Accese la piccola torcia elettrica che pendeva dal suo portachiavi e illuminò l'interno. Effettivamente si distingueva, anche se a fatica, il disegno che mi aveva descritto, con l'esedra, le nicchie laterali e le lettere dell'alfabeto.

«Bisogna estrarlo» dissi. «Dobbiamo aprirlo.»

«Ci ho già provato ma non esce, anche se lo spazio ci sarebbe.»

«Perché non esce?»

«Non lo so» rispose Leyla. «Sembra attaccato nella parte inferiore al cuoio della custodia. L'umidità, forse, o una goccia del collante usato per il sigillo può essere caduta inavvertitamente sulla parte inferiore della busta: quando hanno appoggiato la pergamena si è incollata. Ho provato a tirare: si rischia di strapparla e la manomissione diventerà evidente al momento dell'apertura ufficiale. Per me sarebbero guai. Te l'ho detto: già ci sono dentro fino al collo. Non posso peggiorare la situazione.»

«Dammi la tua lima per unghie.»

«Che cosa vuoi fare?»

«Dammi la lima, per favore. Non succede niente.»

Leyla si convinse e tolse dal suo nécessaire la lima per unghie che infilai sotto la pergamena cominciando a muoverla avanti e indietro: sentivo che mordeva qualcosa e la tenni premuta verso il basso per non intaccare il documento. Procedetti con tale cautela che mi ci volle quasi un quarto d'ora per staccarla, ma alla fine il documento uscì docilmente da un lato della busta.

«Finalmente» dissi.

Leyla riaccese la piccola torcia elettrica e io aprii il documento: una pergamena ripiegata in quattro.

«Guarda» dissi indicando alcuni segni nella parte inferiore del foglio. «Il secondo documento non era altro che la continuazione di questo. Vedi? Questa è la parte superiore del traliccio... Quella che sosteneva la chioma...»

«La chioma? Quale chioma?»

«La chioma del dio, Leyla. Ora ne sono assolutamente certo: il traliccio disegnato su questa pergamena e sull'altra che hanno rubato è la struttura portante del più famoso capolavoro dell'antichità, della statua più stupefacente mai realizzata, della quinta meraviglia del mondo antico, un gigante d'avorio e d'oro assiso in trono: lo *Zeus* di Fidia!»

Leyla mi fissò stupefatta: «O Allah, clemente e misericordioso, sei sicuro di quello che dici?».

«Al novanta per cento» risposi. «Ho studiato quel disegno per giorni e notti. L'ho riprodotto in un'immagine digitale, mi sono figurato i punti di contatto con una virtuale superficie esterna di cui ho ricostruito il reticolo strutturale. E ho ottenuto lo schema plastico di una enorme statua assisa in trono. Poi sono andato a Olimpia, ho collocato idealmente quella statua all'interno del grande tempio crollato e non ho più avuto dubbi.»

Leyla sorrise improvvisamente: «Ed è là che hai visto quella scritta in turco: "Lavoriamo per voi, scusate l'incomodo?"».

Anch'io sciolsi per un attimo la tensione e sorrisi: «L'ho vista in sogno, ovviamente... Sì, è così. E non riesco a spiegarmene il motivo».

«Nemmeno io» replicò Leyla.

Feci scorrere il dito sul quadrato disegnato in mezzo all'esedra contrassegnato con la lettera zeta. «Zeta come Zeus!» esclamai. «Questa è la pianta della casa di Lauso dove esisteva la più grande galleria d'arte antica del suo tempo. I quadrati sono le basi delle statue, quello dell'esedra è il piedistallo dello *Zeus* di Fidia!»

«Come puoi esserne sicuro?»

«Qualcuno ha visto quella statua nella collezione di Lauso verso la fine del IV secolo... Come sai, Teodosio il Grande dichiarò il cristianesimo religione di Stato e promulgò leggi che comminavano la pena di morte a chiunque fosse stato sorpreso a immolare sacrifici agli dei pagani. Sotto il suo regno il santuario oracolare di Delfi venne chiuso, e così pure quello di Olimpia, e i giochi furono definitivamente abbandonati. Ma lo *Zeus* a quel tempo non era più nel suo santuario. Era stato smontato e portato a Costantinopoli, non fosse altro perché aveva un valore enorme. Soltanto l'oro di cui era in parte fatto pesava quasi mezza tonnellata.

«In qualche modo Lauso dovette impedirne la distruzione. D'altra parte anche l'*Ercole* di Lisippo, un colosso di nove metri di altezza, costruito per Taranto e portato prima a Roma e poi a Costantinopoli, sopravvisse come meta dentro l'ippodromo fino all'invasione dei crociati nel 1204. Furono loro a fonderlo per farne monete con cui pagare la flotta veneziana. Se l'*Ercole* è sopravvissuto per nove secoli, perché lo *Zeus* non sarebbe potuto sopravvivere?»

«Non starai pensando che esista ancora. È impossibile.»

«Niente è impossibile. Tutto dipende da quello che possiamo estrarre da questa prima pergamena. Potrebbe essere, in fondo, la mappa del tesoro, capisci?»

«Ma non sappiamo nemmeno dove si trovava la casa di Lauso.»

«Non è esatto, era nei pressi dell'ippodromo, dalla parte nord. Vedi qui? Questa linea potrebbe essere il muro esterno dell'ippodromo.» Intanto ricopiavo su un bloc notes lo schema rappresentato sulla pergamena.

«Potrebbe essere anche qualunque altra cosa.» Leyla era tesa, nervosa: «Senti, io lo devo riportare al suo posto. Se qualcuno dovesse accorgersi che manca, per me sarebbe la fine».

«Va bene. Aspetta solo un momento.» Digitai sul telefono la funzione della macchina fotografica e scattai diverse foto alla pergamena. Poi la ripiegai accuratamente e la inserii all'interno della sua busta risistemando le alette sotto la falda sigillata. Era perfetta: non si poteva sospettare alcuna manomissione.

«Adesso la puoi riportare» dissi. «Quello che volevo sapere lo so. Intanto faccio due passi. Ho bisogno di prendere un po' d'aria. Ci vediamo davanti al chiosco dei giornali.»

Leyla prese il plico e, mentre si allontanava verso Topkapi, io uscii dalla macchina e respirai a pieni polmoni l'aria fresca della sera. Ormai la piazza era semivuota. La maggior parte della gente era rientrata per cena e in giro c'era soltanto qualche turista che passeggiava in piazza Sultan Ahmet.

Mi diressi anch'io da quella parte ma istintivamente, all'altezza del vecchio Lale Restaurant, tirai dritto attraversando la piazza nel suo lato breve. C'erano in quel punto fra me e gli edifici del lato nord delle piante di platano e di frassino che schermavano la vista ma intravvedevo oltre il fitto fogliame degli alberi un riflesso luminoso palpitante e colorato e mi avvicinai ancora come attratto da quella strana luce baluginante. Oltrepassai i platani e rimasi folgorato ed estatico alla vista che mi si manifestò improvvisamente. Non potevo assolutamente credere ai miei occhi. Per qualche istante ebbi la netta impressione di stare sognando e che da un momento all'altro mi sarei svegliato e tutto sarebbe scomparso: Leyla, le pergamene, gli inseguimenti in auto, e che mi sarei ritrovato nella mia cameretta di scapolo in una cittadina della Liguria perché ciò che avevo davanti non era credibile, anzi, era una tipica aporia, una contraddizione in termini che solo in sogno poteva realizzarsi.

E invece lo squillo del cellulare mi riscosse e mi richiamò alla consapevolezza che ero ben sveglio e capace di intendere e di volere.

Era Leyla: «Dove sei?».

«Tutto bene?»

«Sì, l'ho rimesso a posto. Almeno questa è sistemata. Allora, dove sei?»

«Sono dopo il Lale Restaurant, verso i giardinetti. Vieni subito qui. Corri.»

«Ma cosa succede?»

«Se non lo vedi, non ci credi. Corri, ti dico.»

Leyla mi raggiunse in cinque minuti e anche lei restò di stucco in un primo momento, poi si mise a ridere: «Ma è il tuo sogno, non è così?».

«Esatto. La stessa scritta: "Lavoriamo per voi, scusate l'incomodo". Giusto?»

«Giusto, ma che cosa vuoi dire?»

«Be', non dirai che è una coincidenza.»

«Che altro?»

«E che ne so? So soltanto che quella scritta io l'ho già vista in sogno dentro il tempio di Zeus a Olimpia e ora mi appare davanti proprio qui, proprio dove doveva sorgere la casa di Lauso.»

«Io dico che sei pazzo. Questa è la scritta più comune che si possa immaginare e tu la leggi come un oracolo?»

«È il posto che non è comune. Io vado a vedere.»

«È transennato.»

«E allora?»

«Sei proprio deciso?»

«Come puoi ben vedere, sì. Chi mi ama, mi segua.»

Leyla sorrise: «Lascia perdere l'amore. Diciamo che ti seguo perché voglio vedere come va a finire».

Mi guardai intorno, poi scavalcai le transenne e aiutai subito dopo Leyla a scavalcare. Ci trovammo dall'altra parte, nel mezzo di un cantiere.

Non si capiva molto bene che cosa stessero costruendo ma c'era uno scavo piuttosto profondo che intercettava antiche strutture.

«Che cosa stanno facendo qui?» chiesi.

«Non so di preciso. Credo stiano costruendo un parcheggio sotterraneo.»

«In piena area archeologica?»

«Istanbul è come Roma: non c'è modo di evitarlo. E la città ha bisogno di strutture ricettive. Credo però che gli archeologi siano già stati convocati per i rilievi.»

«Bene» risposi. «Procediamo.»

«Ti rendi conto che hai una probabilità su mille di arrivare a qualcosa di concreto, vero?»

«Questo non ha importanza... Allora, vediamo...»

Guardavo la mappa che avevo riprodotto dalla pergamena e cercavo di riconoscere l'intrico di strutture di ogni tipo, antichi elementi architettonici riutilizzati in età successive, crolli, muri sovrapposti in varie epoche che s'intersecavano l'uno con l'altro creando un labirinto quasi indecifrabile.

«Ci capisci qualcosa?» chiese Leyla guardandosi intorno e gettando anche qualche occhiata all'esterno.

«Devo» risposi continuando a esplorare quei ruderi contorti, muovendomi con difficoltà in mezzo ai pali delle impalcature e alle attrezzature sparse dappertutto nel cantiere e cercando per di più di non fare rumore.

Stavo per arrendermi quando un lampo della luce intermittente di quella scritta evidenziò una continuità che prima non ero riuscito a distinguere. E anche questo mi parve un avvertimento.

«Eccolo!» esclamai.

«Che cosa?» domandò Leyla voltandosi verso di me.

«Il muro. Guarda: quello laggiù, è il muro della casa di Lauso. Quello che fiancheggia l'ippodromo. L'epoca è quella. Come vedi è contestuale alla sostruzione dell'ippodromo. Il muro era visibile in fondo a una trincea a una decina di metri sotto il piano stradale. Questo significa che da qui dobbiamo retrocedere verso nord almeno per una ventina di metri e dovremmo trovarci all'altezza dell'esedra.»

«Ma allora sei proprio convinto di riuscirci...»

«L'archeologia è una scienza esatta, mia cara. Almeno fino al punto in cui gli archeologi tirano le conclusioni.»

«Già» ammise Leyla. «Che è esattamente il punto in cui ci troviamo. Tu stai tirando delle conclusioni...»

«Che saranno smentite o confermate fra breve» risposi procedendo risolutamente verso la parte nord del cantiere.

Dovemmo inerpicarci su un lieve rialzo del terreno, leggermente tondeggiante. Sapevo di che si trattava e mi volsi verso Leyla con sguardo trionfante: «Guarda: è tutto chiarissimo. Questa non è altro che la copertura dell'esedra, quella che tu avevi preso per l'abside di una chiesa». Ormai mi sembrava che anche Leyla cominciasse a crederci. Afferrai un badile e iniziai a rimuovere lo strato di terra finché toccai la superficie dura del laterizio legato con malta. Mi fermai per riprendere fiato, poi mi volsi a Leyla: «Se c'è, è qui sotto. Senti?». Con il manico del badile battei il laterizio, che risuonò vuoto. «È la volta dell'esedra. Non ci sono dubbi.»

Leyla mi si avvicinò: «Sembra che tu abbia fatto centro. Ma adesso che facciamo?».

«Guardiamo che cosa c'è dentro. Devo solo trovare qualcosa per forare questa volta. Tu hai una torcia elettrica?»

Leyla frugò nella borsetta ed estrasse un piccolo led, di quelli che si usano per illuminare la serratura della porta quando si rientra di notte.

«Meglio di niente» dissi. «Nel buio totale fa una bella luce comunque.»

Trovai una verga di ferro corrugato per cemento armato e una grossa pietra che usai come martello. Sapevo di compiere un gesto riprovevole e che avrei criticato aspramente se l'avesse fatto chiunque altro, ma la curiosità era enorme e speravo comunque di non provocare danni irreparabili con un foro tanto piccolo. La verga di ferro cominciò a penetrare nello strato di terra battuta e quindi nella malta antichissima senza grande sforzo e in poco tempo la sentii sbucare dall'altra parte. La strinsi nel pugno appena in tempo prima che cadesse di sotto, poi la estrassi e accesi il led di Leyla nella speranza di poter vedere qualcosa, ma il foro era troppo piccolo e non consentiva alcuna visuale. Dovevo allargarlo.

A malincuore piantai di nuovo la verga vicino al foro che avevo già praticato e la conficcai nel soffitto dell'esedra ripetendo l'operazione altre due volte. A quel punto usai la pietra per frantumare le parti ancora resistenti fra un foro e l'altro ottenendo un'apertura di circa cinque centimetri di diametro. Il cuore mi batteva in gola fin quasi a soffocarmi, in parte per la fatica a cui non ero più abituato e in parte per l'emozione. L'aria fresca e umida della notte mi asciugava subito il sudore trasmettendomi un brivido sgradevole.

Di lì a pochi secondi sarebbe stato il momento della verità, avrei saputo se sopravviveva ancora la quinta meraviglia del mondo antico, se i miei occhi avrebbero contemplato le fattezze del padre degli dei, del signore dell'Olimpo. Al tempo stesso non avrei voluto guardare per non patire una delusione cocente.

«Vuoi che guardi io?» domandò Leyla intuendo i miei pensieri.

«No» risposi. «Tocca a me.»

Legato il piccolo led alla catenella che usavo per le chiavi lo calai, acceso, dentro il foro. Poi accostai, tremando, lo sguardo.

«Che cosa vedi?» chiese Leyla, e mi parve di aver già letto o sentito quella frase.

«Ragnatele» risposi deluso.

«Ragnatele e basta?»

Mi alzai in piedi: «Nient'altro. O, almeno, se c'è qualcosa non si vede».

«Che possiamo fare?»

«Niente, temo. Per scendere laggiù ci vorrebbe una struttura in piena regola. Entrare dal davanti per non rischiare di distruggere o danneggiare ancora più gravemente di quello che posso già avere fatto eventuali decorazioni; aspirare le ragnatele, pulire, illuminare... e magari non trovare niente.»

Leyla restò in silenzio, delusa anche lei dal fatto che quell'avventura si fosse conclusa in un modo così banale, ma non solo. Potei leggere nei suoi occhi compassione e anche affetto per ciò che provavo in quel momento, per la mia delusione, la mia rabbia, la mia frustrazione. Anche io restai in silenzio per un po' e guardavo il bel volto di Leyla che cambiava colore a ogni palpitare di quella maledetta scritta luminosa. Alla fine mi venne spontaneo accostarmi a lei finché fummo vicinissimi. Lei allora si strinse a me e mi baciò: un lungo bacio appassionato che mi scaldò il corpo e l'anima.

«A che cosa debbo questo?» le domandai subito dopo. «Alla mia sconfitta?»

«Forse. Sì, forse anche a quella. Ti sento più vero, più umano. Forse perché vedo in questo momento più le tue qualità che i tuoi difetti.»

«Posso sperare allora?»

«Sperare che cosa?» mi domandò Leyla.

«Che mi vuoi ancora bene e che tornerai da me.»

«Questo non è impossibile.»

Non era proprio una risposta entusiasta ma mi sentii ugualmente rinascere. La sconfitta cocente che avevo patito non sembrava più tanto amara. Ma mi venne subito alla mente un pensiero: «E quell'altro?» dissi. «Quello a cui dicevi al telefono: "Sì, caro, ti penso sempre" e di cui parlavi con Fatma?»

«Hai fatto progressi con il turco.»

«Abbastanza, grazie. Io però non intendo dividerti con nessuno, è chiaro? Chi è quello là, allora?»

«Quello è fuori discussione. È qualcosa che non ti riguarda.»

«No, eh? Be', allora io...»

«Scusate se interrompiamo una così interessante conversazione.» Una voce risuonò improvvisamente alle nostre spalle. «Ma vorremmo vedere il finale di questa storia.»

Era la voce dell'uomo che mi aveva interrogato nel magazzino. Lo accompagnava un altro che impugnava una pistola con cui teneva sotto tiro un terzo. Leyla riconobbe suo fratello.

«Osman!» esclamò Leyla. «Chi sono questi e come hai potuto farmi una cosa simile?»

Osman non proferì verbo.

«Mi sembra evidente» risposi io. «Lui contrae un grosso debito e pensa di pagare i suoi creditori con la pergamena o con quello che la pergamena può significare sulla base di quanto gli hai confidato. Poi, seguendo gli sviluppi della situazione, pensa di mettersi in proprio e si accorda con Abdullah. Ma questi due la pensano diversamente: Abdullah ci rimette la pelle. E noi, compreso tuo fratello, siamo nei guai fino al collo. Ti va come interpretazione?»

Leyla parve convinta: «Con te farò i conti dopo» sibilò in italiano al fratello. «Adesso leviamoci di qui. Voglio la mia pergamena e voglio una spiegazione del tuo comportamento assurdo!»

Pronunciò quelle parole con un piglio secco e autoritario che mi stupì. Ma nello stesso istante Osman venne ammanettato con la mano sinistra a un palo di ferro del ponteggio e i due figuri che ci avevano tenuti prigionieri si fecero avanti.

«A questo punto è meglio che anche noi guardiamo dentro quel buco» disse uno dei due. «Chissà che cosa c'è dall'altra parte...»

«Ragnatele» replicai. «Una matassa di ragnatele sporche e impolverate. State perdendo tempo.»

«Ah, sì? E allora voi che ci fate qui? Perché avete fatto quel buco nel pavimento?»

«Non è un pavimento, è un soffitto, asino!» lo rimbeccò Leyla. Lui la schiaffeggiò con durezza e io gli volai addosso, ma fui subito steso da un colpo alla nuca. Restai immobile sul terreno e persi conoscenza.

Fui risvegliato da un rumore ritmico e insistente che non riuscivo a identificare, poi sentii che ero bagnato, dappertutto, senza rendermi conto del perché. Aprii gli occhi ma non riuscii a mettere a fuoco perché pioveva e l'acqua mi cadeva sulla faccia e mi inzuppava i vestiti. Mi sollevai lentamente e vidi che i due uomini stavano allargando il foro con un piccone. Ora Leyla era legata assieme al fratello e volse subito lo sguardo verso di me quando vide che mi muovevo. Aveva un'espressione smarrita e sgomenta: le risorse del suo carattere così forte sembravano essersi esaurite nella notte umida e nebbiosa.

In quel momento il piccone si fermò e uno dei due uomini andò a prendere la manichetta dell'acqua. Io mi alzai in piedi e, barcollando, mi avvicinai: «Che cosa volete fare con quella?».

«Togliere le ragnatele. Non ti sembra una buona idea?»

«È una pazzia. La manichetta è in pressione, può provocare un disastro. Fermatevi, per l'amor di Dio!»

Ma l'uomo non mi dette ascolto e si portò con la manichetta sopra il foro che ora era illuminato con una lampada da cantiere. L'altro aprì il volante dell'acquedotto e un forte getto d'acqua si sprigionò dall'idrante.

«Fermati!» gridai gettandomi in avanti. Uno dei due cercò di bloccarmi ma riuscii a sgusciargli di mano e mi lanciai verso l'altro che aveva posizionato il getto nell'imboccatura sul tetto dell'esedra e lo roteava tutto attorno per far crollare le ragnatele con la forza dell'acqua.

Il suo compagno mi si buttò di nuovo addosso ma io riuscii ad afferrare la manichetta e cercai in ogni modo di strapparla di mano al mio avversario.

Sentii la voce di Leyla che gridava: «No, ti ammazzeranno!». Ma non le diedi retta e continuai a battermi senza mollare la presa. A un certo punto, spinto da dietro, persi l'equilibrio e caddi all'interno. Restai però aggrappato alla manichetta che sfilò fra le mani dei miei aggressori, sicché per un primo tratto la mia caduta fu frenata dai due uomini che la reggevano e cercavano di trattenerla. Ricordo che in quei pochi secondi di discesa riuscii a vedere qualcosa di indicibile. Una visione di sogno e di delirio: il faro acceso dai miei aggressori illuminava il getto d'acqua che spruzzava in tutte le direzioni spinto dalla pressione interna fuori controllo e in quella fantasmagorica cascata di scintille liquide mi apparve l'immagine del dio, ma era un'immagine frantumata e spezzata, interrotta da un intrico di travi corrose e di tavole contorte dal tempo e dall'umidità. Vidi il suo petto e il suo volto, sembianze d'incredibile, maestosa possanza, gli occhi profondi, la fronte appena corrugata, il naso imperioso, il mento incorniciato dalla barba rigogliosa...

Ma ormai le mie mani scivolavano, sentii che non riuscivo più a mantenere la presa. Udii in quel momento ancora più forte lo scroscio dell'acqua e un rumore sinistro di travi spezzate e di tavole divelte e poi un crollo fragoroso mentre precipitavo nel vuoto e nel buio.

La prima cosa che scorsi quando riaprii gli occhi fu il volto di una donna: la bellezza passionale e superba di Leyla che mi sovrastava come l'aura di una divinità orientale. Dopo venne il dolore: un dolore acuto e diffuso per tutte le membra. Volsi allora lo sguardo a esplorare il mio corpo massacrato tenuto insieme da stecche metalliche e da candidi gusci di gesso.

«Che cosa è successo?» riuscii a dire.

Leyla scosse il capo e gli occhi le brillarono di lacrime: «Il getto d'acqua ha provocato un crollo rovinoso.

Se c'era qualcosa è andato completamente distrutto. Ma tu almeno hai visto? Ricordi qualcosa?».

Trattenni a stento il pianto. «Sì» risposi. «Solo le parti in avorio erano rimaste: il volto, il petto, le braccia, mentre quelle in oro dovevano essere già state rimosse e fuse da tempo. Lauso deve aver salvato quello che era rimasto, per questo tracciò lo schema del traliccio, per posizionare almeno le parti in avorio.»

Leyla continuò: «Il traliccio di legno, investito dalla pressione dell'acqua, è andato in frantumi e sicuramente ha trascinato nella rovina le parti in avorio. Anche parte della struttura muraria ha ceduto. La malta millenaria investita da un getto così potente si è disgregata dilatando il crollo a quasi totale rovina. Forse quando cominceranno a sgombrare si troverà qualcosa, forse si potrà ricomporre qualche frammento, ma non sperarci troppo. Temo che sia tutto perduto».

Sentii che anche i miei occhi si riempivano di lacrime, come quelli di Leyla.

«Tuo fratello?»

«È stato arrestato assieme agli altri due che hanno confessato. Sono stati loro a uccidere Abdullah, poveraccio... La pergamena è stata recuperata. Tu sei salvo per miracolo, ma dovrai affrontare una convalescenza lunga e difficile.»

Mi coprii il viso per nascondere il pianto e restai così a lungo, finché sentii le mani di Leyla sulle mie e poi le sue labbra sulla mia guancia. Allora aprii di nuovo gli occhi e vidi che c'era qualcun altro di fianco a lei.

«È a lui che telefonavo quando dicevo: "Ti penso sempre, caro...".»

Era un ragazzo di dieci o undici anni.

E mi somigliava.

Bagradas

Era il primo incarico di questo genere che mi veniva affidato e, a dire la verità, non so se mai un simile compito fosse stato affidato a chicchessia prima di me. La relazione riservata, a firma del tribuno militare Sesto Canidio, era stata recapitata una sera di tarda primavera da un corriere che aveva sfiancato tre cavalli per arrivare alla nostra base sulla costa, due miglia a sud di Capo Bello. Massima urgenza, dunque.

Pensai subito a un attacco improvviso dell'esercito cartaginese al nostro campo avanzato sulla costa occidentale, quando vidi quel ragazzo madido di sudore balzare a terra dal cavallo e correre verso il pretorio gridando: «Devo vedere il comandante, subito!».

E invece nessun allarme, nessuna adunata, nessuna arringa alle truppe schierate. Il colloquio fra il messaggero e il nostro comandante era durato quasi due ore senza che accadesse nulla di particolare. Alla fine, il giovane fu affidato al centurione prefetto del campo perché gli trovasse un alloggio decente dopo avergli fatto preparare la cena. Non aveva né mangiato né dormito, povero ragazzo.

Mi apprestavo anch'io a coricarmi, dopo aver fatto il

mio solito giro di ispezione alle officine per controllare che tutto fosse in ordine, quando il comandante mi mandò a chiamare.

«C'è un grosso problema da risolvere al campo avanzato del console Regolo. Come sai, due legioni sono accampate laggiù e il console aspetta il nostro arrivo per marciare su Cartagine. Noi, d'altra parte, dobbiamo aspettare che giunga un'altra legione con le macchine da assedio per raggiungerli e per ora non possiamo muoverci.

«Fino ad ora è filato tutto liscio: i nemici non si sono fatti vivi che con qualche sporadica apparizione dei loro esploratori a cavallo. Ma da alcuni giorni quei figli di cani si sono messi in azione: prevalentemente di notte, con il favore delle tenebre, ma anche di giorno, si direbbe, di prima mattina. Fatto sta che il console Regolo ha perso una ventina di uomini in poco tempo senza riuscire mai a restituire il favore. Quelli arrivano, colpiscono e spariscono.»

«Il console avrà certamente tentato di porre rimedio a queste incursioni» risposi. «È un uomo esperto e capace. Mi sembra strano che si faccia sorprendere a quel modo.»

«È quello che penso anch'io» disse il comandante «e in effetti il suo messaggio è strano, sembra nascondere qualcosa. Non mi dice tutto, ne sono certo. Ma chiede aiuto.»

«Aiuto? Ma che genere di aiuto?» chiesi.

«Voi vi siete conosciuti personalmente, non è vero?»

«Sì, certo,» risposi «due anni fa. Lui era nel Nord, in Cisalpina, e un gruppo dei nostri, un paio di centurie, era rimasto isolato in territorio celtico. Sai bene la fine orribile che viene riservata a quelli che cadono in mano ai Galli. Li torturano a morte e poi li decapitano per usare i loro crani svuotati come coppe votive nelle cerimonie religiose. Mi chiese di organizzare un piccolo gruppo di incursori per trovarli e riportarli indietro.»

«E ci riuscisti?»

«Sì, mi andò bene. Riuscii a trovare i nostri e a riportarli indietro sani e salvi.»

«E perché scelse te?» mi chiese ancora il comandante.

«Perché ho una certa abilità nel seguire le tracce. Io sono sardo, e fin da bambino mio padre mi ha abituato a seguire le peste degli animali che si smarrivano, delle pecore o dei vitelli, o delle capre. E anche di intere greggi, quando ci venivano rubate dalle tribù nemiche.

«Riuscii a trovare le tracce del nostro contingente e a guidare quei soldati per il sentiero che avevo percorso senza incappare nelle squadre a cavallo di quei tagliatori di teste...»

«Ecco perché!» disse il comandante. «Credo sia proprio una questione di tracce.»

«Non capisco» risposi.

«Sembra che questi assalitori non ne lascino per nulla.»

«Curioso.»

«Infatti. Ma c'è un grosso rischio. Fra gli uomini serpeggia un'apprensione crescente, una tensione continua che li rende sempre più vulnerabili. Il console Regolo teme che, se le cose continuano in questo modo, l'apprensione degeneri in timor panico: la cosa peggiore che possa capitare a un esercito accampato in territorio nemico. È quindi necessario che tu raggiunga i nostri al campo avanzato. Partirai domani stesso con il corriere che mi ha portato il messaggio. Dev'essere un ragazzo sveglio, perché è arrivato fin qui senza incappare nelle pattuglie nemiche che battono il territorio; sarai quindi in valida compagnia. Per maggiore sicurezza vi darò anche un gruppetto di ausiliari a cavallo. Vedi di scoprire che cosa sta succedendo e possibilmente di risolvere il problema. Io credo che sarà questione di poco, ma se la faccenda dovesse andare per le lunghe mandami un corriere, di tanto in tanto, per informarmi di quello che succede. Se ti serve qualcosa, non hai che da chiedere. Adesso vai a dormire, perché domani dovrai alzarti presto. Buona fortuna, Publio Sestilio.»

«Ti ringrazio, comandante. Vedrò di fare del mio meglio.»

Tornai alla mia tenda, ordinai al mio servo di preparare il bagaglio e convocai il mio assistente per il passaggio delle consegne.

Di solito mi addormento quasi subito, perché arrivo a notte piuttosto stanco; ma quella volta stentai a prendere sonno. Mi giravo e rigiravo sulla branda pensando a cosa mi avrebbe atteso al campo avanzato, a cosa stesse succedendo in realtà. Come facevano gli incursori nemici ad avvicinarsi senza essere visti in una zona così aperta, e poi a ritirarsi senza lasciare traccia? Possibile che nessuno avesse visto o udito nulla?

Alla fine mi lasciai andare al sonno, cercando di riposare almeno le poche ore che mi restavano prima dell'alba.

Partimmo alle prime luci dopo aver caricato sui cavalli viveri e acqua sufficienti per attraversare le cinquanta miglia di territorio che ci separavano dal campo avanzato di Attilio Regolo. Il distaccamento era schierato non lontano dalla costa, in una pianura a occidente di Adrumeto, per impedire attacchi a sorpresa da quella parte e per avvistare eventuali squadre navali cartaginesi in avvicinamento.

Arrivammo senza incidenti degni di nota la sera del quinto giorno e io mi presentai a rapporto dal console.

Insistette perché restassi a cena, e invitò anche un paio di tribuni militari, fra cui Sesto Canidio, e un paio di centurioni anziani che avevano già esperienza di territorio africano in precedenti missioni.

«Sono contento che Manlio Sura abbia mandato te, Publio Sestilio: confido che riuscirai a venire a capo di questo problema, come in Cisalpina.»

«Farò quello che posso, console,» risposi «ma ho bisogno di sapere come sono andate le cose fino ad ora. Prima di tutto: quanti uomini avete perso?»

«Ventisette» rispose il console, scuro in volto.

«Allora ci sono state altre perdite dopo che ci avete mandato il corriere.»

«Purtroppo sì.»

Fece cenno a uno dei presenti: «Raccontagli quello che sai, centurione».

L'interpellato proseguì: «È stato proprio nei giorni successivi alla partenza del corriere. Due pattuglie, prima una di tre e la notte successiva una di quattro, sono sparite senza lasciare la minima traccia».

«Ma avete guardato bene?» domandai.

«Abbiamo controllato il terreno palmo a palmo. Niente. Né una traccia né una goccia di sangue.»

«E poi le poche tracce che abbiamo trovato la seconda notte erano dei nostri» intervenne l'altro centurione.

«Potrebbe essere una pista da seguire» dissi. «Non si può mai escludere nulla. A volte, fra tante migliaia di uomini, ve ne possono essere di particolari, con strani comportamenti.»

«Mi sembra poco probabile» rispose il centurione. «Pensai invece che qualcuno dei nostri fosse passato successivamente sul luogo in cui erano spariti gli altri. È normale: il raggio d'azione delle pattuglie varia leggermente, e possono esserci delle sovrapposizioni.»

«Capisco» risposi. «Ma avrete ben cercato di fare una ricostruzione degli avvenimenti, delle ipotesi su come possano essere andate le cose...»

«Certamente» rispose il comandante. «E l'ipotesi più probabile mi sembra quella messa a punto dal tribuno Sesto Canidio.»

«Sentiamo, allora» dissi. «Può darsi che sia quella giusta.»

«Come avrai visto arrivando, siamo accampati lungo le rive di un fiume che si chiama Bagradas» cominciò il tribuno. «La scelta non è stata fatta a caso. In questa zona è molto difficile approvvigionarsi di acqua, e qui ce n'è in abbondanza, sia per gli uomini che per gli animali. Dovendo attendere il completamento del nostro corpo di spedizione, non c'è posto migliore.»

«Sono d'accordo» risposi. «Vai avanti, tribuno.»

«Il fiume sbocca in mare a dieci miglia da qui con una corrente assai lenta. Così lenta che a mala pena si riesce a vedere in che direzione scorre il fiume. E questo a causa delle dune sabbiose, che ne ostacolano il deflusso in mare.

«Secondo me, i Cartaginesi mandano delle piccole imbarcazioni di notte, controcorrente. Si fermano a qualche distanza dal nostro accampamento e lanciano degli incursori che, con il favore delle tenebre, si avvicinano alle nostre sentinelle. Le uccidono e le trascinano in acqua facendo sparire i corpi.»

«Per quale motivo?»

«Per diffondere il panico. Per gli uomini è normale veder cadere dei compagni in battaglia, sono soldati; ma vederli sparire così, come dissolti nell'aria, è un'altra cosa. Si diffonde la paura, lo scoramento; serpeggia il malcontento, le chiacchiere ingigantiscono i fatti. C'è chi parla di pesanti perdite: cento, duecento, trecento uomini. Capisci che cosa voglio dire?»

«Insomma, il nemico è così astuto che combatte non soltanto con le armi che feriscono e uccidono il corpo, ma anche con quelle, assai più affilate, che colpiscono la mente. Questa mi sembra una tattica nuova e indubbiamente efficace. In ogni caso la tua ricostruzione, tribuno, mi sembra la migliore e di gran lunga la più probabile. Immagino quindi che avrete anche preso dei provvedimenti.»

«Certamente. Abbiamo messo dei distaccamenti più a valle, e per il momento non abbiamo avuto altre perdite.»

«Molto bene,» risposi «evidentemente i vostri presìdi hanno scoraggiato i nemici dal compiere nuove azioni. Resterò ancora qualche giorno; e se non ci saranno altre perdite vorrà dire che si è preso il rimedio giusto e che potrò tornarmene dal mio comandante a riferire.»

La cena a quel punto era quasi terminata. Attesi ancora un poco, poi salutai e me ne andai a riposare.

La notte passò tranquilla; non si lamentarono perdite, e l'indomani ne approfittai per compiere un giro di ricognizione lungo le sponde del Bagradas e per raccogliere qualche informazione.

Il fiume era abbastanza largo, circa una sessantina di piedi se non di più; aveva acqua torbida di un colore giallastro, perché trascinava molta sabbia e limo nella sua corrente. Più a monte invece era abbastanza limpido, perché scorreva fra massi di granito e sabbie pulite. Pensai che fosse a causa del riflusso di marea che intorpidiva i sedimenti del fondale nei pressi della foce. La vegetazione era bassa e rada: tamerici, aloe, cespugli di amaranto e di ginestra. Tutto attorno, a destra e a sinistra, il paesaggio era piuttosto brullo e aperto: qualche masso levigato dal vento sorgeva qua e là proiettando lunghe ombre sul terreno. Non si poteva certo dire che in un luogo simile fosse facile trovare dei nascondigli per gruppi di incursori.

Incontrai una pattuglia in ricognizione: un *optio* con una mezza dozzina di legionari, tutti ragazzi giovani.

Li salutai: «Come vanno le cose, amici?».

«Bene per il momento» rispose il sottufficiale che li comandava.

«Che cosa intendi dire?» chiesi.

«Che una notte tranquilla non significa gran che. È già successo anche prima: due o tre giorni di calma, e poi ecco di nuovo qualcuno che sparisce senza lasciare traccia.»

«Perché mi dici queste cose? Non ti ho fatto domande specifiche.»

«Perché lo sanno tutti che ti hanno mandato dal campo pretorio per risolvere questo guaio.»

«Le notizie corrono veloci.»

«Ci puoi giurare. Quando si tratta della pelle, la gente si interessa molto a quello che succede.»

«Tu sei mai stato di guardia di notte lungo il Bagradas?»

«Un paio di volte.»

«Mai notato nulla di strano? Movimenti, rumori, ombre...»

«No, a parte qualche sciacallo e qualche uccello notturno a caccia di topi o di serpenti...»

«Leoni ce ne sono qua in giro?»

«A volte se ne sono visti.»

«Ecco la soluzione del mistero. I leoni cacciano di notte.»

L'*optio* scosse il capo: «Può darsi. È quello che si è detto, ma io non ci credo».

«Perché?»

«Abbiamo fatto delle battute, abbiamo messo delle esche avvelenate...»

«Questo non vuol dire: ci sono belve molto astute che fiutano il pericolo e se ne stanno alla larga; poi, quando uno allenta la sorveglianza, eccole che colpiscono di nuovo e all'improvviso.»

«E nessun altro che tu conosca ha mai notato qualcosa di strano?»

L'*optio* mi guardò fisso negli occhi e si fermò, facendo cenno ai soldati di continuare nella loro ricognizione. Intuii che aveva qualcosa da dirmi.

«Allora qualcuno ha notato qualcosa di strano» insistetti.

«È corsa qualche voce.»

«Di che genere?»

«Circa dieci giorni fa due dei nostri ci hanno lasciato la pelle, ma uno dei due era stato riportato al campo ancora vivo. Aveva la spina dorsale spezzata in due, come un pupazzo disarticolato... Un leone non lascia quel tipo di segno.»

«No di certo. E nemmeno può essere opera di incursori cartaginesi...»

«È quello che penso anch'io. Bisogna beccarsi un colpo di ballista per ridursi a quel modo. Comunque, quel povero ragazzo fu portato nella tenda del console e impiegò un poco prima di morire.»

«Ha detto qualcosa?»

«Pare di sì.»

Mentre parlavamo il mio interlocutore aveva ripreso a camminare lungo la sponda del fiume, dietro ai soldati che procedevano nel loro giro di perlustrazione.

«Ha parlato di un mostro... un mostro enorme...»

«Un mostro? Che genere di mostro?»

«Non lo so... ma il comandante non ti ha detto nulla?»

«No,» risposi «nulla del genere.»

«Strano.»

«Forse sono solo chiacchiere: in realtà il soldato potrebbe essere morto senza dire niente.»

«Prova a parlare con il medico. Lui c'era. Lo trovi nella tenda dell'infermeria. Adesso cura qualche diarrea e qualche puntura di scorpione e si annoia, ma quando cominceranno i combattimenti e dovrà ricomporre fratture e ricucire squarci, allora diventerà più taciturno e meno avvicinabile. Comunque dicono che sia uscito dalla tenda pretoria pallido come un cencio, quella notte.»

«Ti ringrazio dell'informazione. Vedrò di saperne qualcosa. Tu intanto passa parola: qualunque cosa degna di nota che vediate durante i turni di guardia o i giri di perlustrazione, venite a riferirmela. Subito.»

«Stai tranquillo,» rispose l'*optio* «passerò parola.»

Allungò il passo e raggiunse i suoi uomini che proseguivano nella loro passeggiata mattutina.

Il luogo era tranquillo, il panorama aperto e rassicurante, il tempo sereno e la temperatura tiepida. Nulla faceva pensare che quelle sponde soleggiate fossero state testimoni di eventi tanto spaventosi, se quello che avevo saputo da poco rispondeva a verità.

Tornai indietro risalendo la riva, finché non trovai un guado, e perlustrai con grande attenzione anche la sponda opposta cercando tracce di qualunque tipo. E a dire la verità ne trovai parecchie: di piccole antilopi, di ibex, di felini – leopardi o leoni – e infine anche le tracce sinuose lasciate dai serpenti. Di notte gli animali venivano ad abbeverarsi, e certamente preferivano quei luoghi più nascosti e tranquilli al tratto di fiume che scorreva in prossimità dell'accampamento. Il che spiegava la mancanza di tracce da quelle parti.

Attraversai a monte, in un punto in cui era facile il guado da una pietra all'altra fino alla riva opposta. Dall'altra parte la situazione era analoga: tracce di numerosi animali per un certo tratto a scendere e poi, in prossimità dell'accampamento, più nulla.

Decisi di rivolgermi al medico, come mi era stato consigliato dal graduato che avevo incontrato lungo il fiume. La sua infermeria era ben visibile sul lato settentrionale del pretorio, contraddistinta da un piccolo stendardo con le insegne di Esculapio: due serpenti attorcigliati attorno a un bastone sormontato da una pigna.

Il medico si chiamava Vestinio ed era un liberto al servizio del corpo di spedizione africano. Lo trovai intento ad affilare i suoi ferri con la cote e a disporli in bell'ordine su un panno asciutto. Si preparava diligentemente per quando avrebbe dovuto operare sulla carne dei soldati feriti in battaglia.

«Posso entrare?» gli chiesi presentandomi.

Lui mi sbirciò di sottecchi e disse: «Il cercatore di tracce...» e si mise di nuovo ad affilare i suoi ferri.

«Mi dicono che tu potresti aiutarmi.»

«Hai qualcosa di rotto?»

Parlava come tutti i liberti: in modo sfrontato e arrogante.

«No. Sono tutto d'un pezzo. Cosa che non si può dire di quel povero ragazzo che riportarono qui dal fiume dieci giorni fa. Con la schiena spezzata.»

«Che ne sai tu? Non mi ricordo che fossi presente.»

«Voci che corrono.»

«Non conviene dar retta alle voci. I soldati sono come i bambini: si lasciano impressionare facilmente. E soprattutto esagerano: tendono a ingigantire le cose.»

«Senti, io sono qui con un compito preciso: se sai qualcosa, ti conviene dirmelo. Il console Regolo non sarà contento di sentire che non hai collaborato con il suo uomo di fiducia.»

Vestinio depose la sua pinza e sospirò: «Che cosa vuoi sapere?».

«Hai visitato quel ragazzo?»

«Si capisce che l'ho visitato.»

«È vero che parlava? Che ha detto qualcosa?»

«Farneticazioni.»

«Quello lascialo decidere a me. Che cos'ha detto?»

«Parlava di un mostro.»

«È vero che aveva la schiena spezzata?»

«È così.»

«E, secondo te, che cosa può aver procurato un simile trauma?»

«Che posso dirti? In teoria qualunque cosa, anche una caduta. Comunque, aveva un'abrasione nella parte bassa della schiena. Praticamente aveva perso tutta la prima pelle, come se qualcosa di molto ruvido gli avesse raschiato il corpo. Anche la tunica era lacerata in quel punto.»

«Che cos'ha detto esattamente?»

«Non molto. Gridava: "È un mostro, è un mostro!" e altre parole che non si riusciva a capire.»

«E tu che cosa hai pensato, intendo dire di quelle sue parole? Che cosa potrebbe avergli dato l'impressione di un mostro?»

«Non lo so proprio. Qui non ci sono coccodrilli. Quanto ai serpenti, ve ne sono di velenosi ma di piccole dimensioni. Forse qualche grosso leone. Ce ne sono ancora in giro, ma quella non era la zampata di un leone.»

«Perché si è accreditata la voce che sono i Cartaginesi a far sparire i nostri uomini?»

«Lo capisci da te.»

«Già. Evitare il panico...»

«E adesso che sai che non sono stati i Cartaginesi, che cosa conti di fare?»

«Non c'è altra possibilità che fare uscire questo aggressore allo scoperto e poi abbatterlo. Avrò bisogno di te.»

«Scordatelo. Sono un medico, non un cacciatore di mostri.»

«Non temere, non dovrai avvicinarti al fiume. Quello sarà affar mio.»

A quel punto mi recai dal comandante. Lo trovai intento alla lettura di messaggi inviati dal Senato.

«Novità?» mi chiese.

«Poche. Ma penso che presto ne avremo. Ti chiedo di rimuovere tutti gli uomini dal fiume, nessuna sentinella deve uscire dal campo di notte.»

«Dobbiamo approvvigionarci d'acqua in ogni caso.»

«Che si faccia di giorno e sotto robusta scorta. Manda uomini con armi pesanti, e che si tengano sempre pronti a reagire. Quanto a me, ho bisogno di un'esca: una vacca, se possibile.»

«Sta bene» rispose il comandante. «Nient'altro?»

«Pece, bitume e una cinquantina di uomini con frecce incendiarie e dardi pesanti da caccia grossa.»

«Li avrai» rispose il console.

«Benissimo. Metterò in opera il mio piano due ore dopo il tramonto, quando sarà completamente buio. Il luogo di raduno è quella rupe fuori della porta decumana fra il campo e il fiume.»

«Benissimo» disse il console. «Penso di venire anch'io.»

«Meglio di no» risposi. «Se ti succede qualcosa, l'esercito rimane senza guida in terra straniera e in zona di operazioni belliche. Ti terrò informato di tutto e ti dirò esattamente quello che è successo. Ti do la mia parola.»

«Come preferisci» disse il console. «Ti auguro buona fortuna, e ti raccomando di non commettere imprudenze.»

«Starò attento» risposi. E mentre pronunciavo quelle parole non avevo idea di che cosa stessi dicendo.

Andai al luogo di raduno all'ora convenuta; vi trovai un servo che teneva una vacca per la cavezza e una cinquantina di uomini.

Li comandava il tribuno militare di nome Sesto Canidio, che avevo già incontrato la sera del mio arrivo.

Ci incamminammo subito in direzione del Bagradas, usando la sola luce di una lanterna per non dare troppo nell'occhio. Strada facendo cercavo di richiamare alla mente tutte le ipotesi che avevo elaborato fino a quel momento e di vagliare ogni possibilità. Ero comunque convinto che il medico mi avesse detto la verità, e che lui credesse in realtà che un mostro si annidasse nelle acque torbide del fiume.

I mostri... già, quante volte ne avevo sentito parlare. Fin da bambino: chimere, idre, centauri, gorgoni; ma avevo sempre avuto la netta sensazione che l'uomo li avesse inventati per separarsene, per distaccarsi dalla propria natura ferina. E che avesse anche inventato gli eroi che li avevano uccisi. Ma potevo io dire di avere mai visto un mostro? In realtà no, non potevo. Qualche animale di taglia eccezionale: un toro selvatico sulle Alpi, una volta, che mi era sembrato una creatura formidabile, ma nient'altro. Avevo anche sentito storie di grandi serpenti che si annidavano in luoghi impervi o poco frequentati, o nelle rovine di antichi edifici fatiscenti. Fantasie popolari, ecco tutto.

Mentre rimuginavo fra me e me questi pensieri, giungemmo alla riva del fiume.

Tutto era tranquillo. Era una bella sera di primavera: si poteva udire il lieve gorgogliare della corrente e il pigolio delle quaglie fra i cespugli di tamerice e di salice lungo le rive. La temperatura era perfetta, né calda né fredda, e veniva voglia di buttarsi per fare un bagno.

Dov'era mai quel maledetto, chiunque fosse o qualunque cosa fosse? Era vicino? Era lontano verso il mare? Era affamato? O era sazio di tutto ciò che aveva già ingoiato?

Mi accorgevo che ormai avevo accettato dentro di me la tesi della presenza di un mostro in quelle acque tranquille. Bene: mi sarei comportato di conseguenza.

Ordinai di legare la giovenca a un palo conficcato nel terreno, di ammucchiare tutto attorno del cordame inzuppato di pece e di olio, e poi di allontanarsi. Mi consultai con Sesto Canidio, il comandante dell'unità da combattimento che avevo con me.

«Tribuno,» dissi «la mia idea è che, se c'è qualche animale sconosciuto nascosto in quelle acque, dovrebbe uscire per divorare l'esca che abbiamo predisposto. Noi staremo appostati fuori vista e, se dovesse apparire, una decina dei tuoi uomini scoccheranno frecce incendiarie e appiccheranno il fuoco al materiale che abbiamo disposto tutto attorno. Dovrebbero svilupparsi subito degli incendi violenti, in grado di illuminare a giorno tutta la zona. Gli altri quaranta uomini lo colpiranno simultaneamente con dardi da caccia grossa e dovrebbero abbatterlo.»

Il tribuno mi guardò con una certa sorpresa. «Mi avevano detto che eri un esperto ichneuta, un abile decifratore di tracce, non uno stratega.»

«Non lo sono, infatti. Ma siccome non ho tracce da seguire e da decifrare, ho pensato che la cosa migliore fosse attirare quella bestia fuori dal suo elemento. Ho pensato infatti che questa sia la causa dell'assenza di tracce. Immaginiamo per un momento che sia vera l'ipotesi di un mostro che esce dalle acque: in tal caso le tracce delle sue sanguinose incursioni verrebbero completamente cancellate dalla marea che risale il fiume dopo la mezzanotte, per poi ritirarsi all'alba lasciando le sponde completamente levigate dal suo passaggio.»

«La tua ipotesi è sensata» rispose il tribuno, e cominciò a disporre l'agguato così come io avevo suggerito. Mentre si dava da fare, io osservavo la vacca legata al palo con una corda di una decina di piedi. La vedevo assolutamente tranquilla, brucava l'erba e scacciava le mosche con la coda.

È noto che gli animali sentono il pericolo molto prima degli uomini, le vacche in particolare, e posso testimoniarlo per esperienza personale. Almeno un paio di volte mi è capitato in gioventù di trovarmi in una stalla poco prima dello scatenarsi di un terremoto, e ho visto vacche e bovi dibattersi disperatamente mentre cercavano di liberarsi dalla catena, alzando lamentosi muggiti. Confidavo quindi che ai primi segni di eccitazione dell'animale avremmo potuto metterci in allarme e prepararci a tirare.

Feci un giro assieme al tribuno militare per ispezionare le postazioni; vidi che le masse incendiarie erano tutte posizionate e che gli uomini erano appostati al coperto e sottovento, con gli archi in mano e le faretre al fianco. Il console aveva scelto in buona parte arcieri balearici dei reparti ausiliari: i migliori e di gran lunga i più affidabili. Se quella bestia avesse messo il muso fuori dall'acqua, avrebbe avuto il fatto suo.

In un certo senso avvertivo un'intima soddisfazione per un piano così ben congegnato e pregustavo il piacere che avrei provato una volta domato il mostro.

Ma le ore passavano, la luna sorgeva dalla linea ondulata di colline che delimitava l'orizzonte e non accadeva nulla.

La vacca alla fine si sdraiò e se ne stette lì, a ruminare tranquilla per tutta la notte. La tensione spasmodica dei primi momenti svanì, e potevo sentire i soldati che chiacchieravano fra loro a bassa voce, per tenersi svegli e farsi compagnia.

Ce ne tornammo al campo verso l'alba, e non so dire se fossi contento o scontento del fatto che non era accaduto nulla perché il problema che ci assillava rimaneva irrisolto. Decisi comunque di proseguire con il mio piano, convinto che fosse l'unico modo per venire a capo di quel mistero.

Feci un rapporto completo al console e andai a riposare per qualche ora. L'approvvigionamento dell'acqua cominciava a diventare problematico. Gli uomini dovevano risalire il fiume per qualche miglio con carri carichi di barili e di anfore, che riempivano là dove l'alveo era più stretto e roccioso. Poi tornavano, ma l'acqua non era mai sufficiente e doveva essere razionata.

Ancora oggi, quando ripenso a quei giorni, mi rendo conto che in fondo avremmo benissimo potuto levare il campo e andarcene noi stessi più a monte, perché no? Ma il console non prese nemmeno in considerazione la mia proposta.

«Perché non leviamo le tende?» domandai. «Perché

non ce ne andiamo? Spostarci di cinque o sei miglia non sarà certo un problema e non perderemo il controllo del territorio. Perché rimanere qui a sopportare questo stillicidio di vite umane?»

«Perché ho dato appuntamento in questo luogo alle altre legioni, e perché rimarrebbero isolate troppo a lungo dopo lo sbarco» mi rispose.

Non era una ragione plausibile e nessuno mi toglie dalla testa che Marco Attilio Regolo avesse un suo conto personale da pareggiare con quell'essere che aveva ucciso tanti dei nostri. Insistetti.

«Console, qualunque cosa sia, si tratta di un essere misterioso, forse di una manifestazione divina. Forse questo luogo ha una maledizione. Credimi, è meglio non sfidare le forze oscure della natura, è meglio ascoltare gli avvertimenti, specialmente quando sono così espliciti e tremendi.»

Mi volse le spalle per un poco, restando in silenzio a meditare. Quando si voltò di nuovo verso di me potei capire dal suo sguardo che la sua decisione di rimanere era irrevocabile.

«Restiamo» disse. «Riprendi la caccia e togli di mezzo quella cosa.»

«Farò ciò che posso, console,» risposi «ma se dovessi morire ti imploro di togliere il campo e di andartene da qui, di non sfidare inutilmente l'ignoto.»

Tornai al fiume verso sera con gli stessi uomini e le stesse attrezzature. Legammo la giovenca al suo patibolo e andammo ad appostarci sottovento.

Uno dei centurioni, seduto poco lontano da me, si era portato un pezzo di pane e del formaggio, e mangiava tranquillo ingollando ogni tanto un sorso di vino dalla sua borraccia. Il suo collega, poco distante, passava e ripassava la cote sul filo della sua lama in attesa di farne uso se se ne fosse presentata la necessità. Ognuno osservava il più completo silenzio e si comunicava a gesti. Gli occhi di tutti erano puntati sulla giovenca e sulla superficie del fiume, che trascolorava con il cielo a mano a mano che la volta celeste si incupiva. Poi apparve la luna, e la superficie delle acque divenne d'argento.

Qualche ora dopo non pochi fra gli uomini si erano assopiti. Solo il tribuno e i due centurioni erano ben svegli, e tenevano all'erta i soldati in posizione più avanzata.

A un tratto la giovenca diede segni di inquietudine, e poi muggì.

«Ci siamo» dissi. «Avviciniamoci.»

Una dozzina di uomini con i giavellotti in pugno si accostarono all'animale pronti a lanciare, ma si erano appena mossi che una valanga d'acqua si alzò dal fiume, una forma indistinta apparve per un istante, una sorta di rantolo feroce risuonò nel grande silenzio della notte e la giovenca scomparve nel fiume, che subito si macchiò di una larga chiazza di sangue.

«Tirate!» gridò il tribuno. «Tirate, per tutti gli dei!»

Gli arcieri scagliarono le loro falariche incendiando le corde inzuppate di olio e pece, i soldati scagliarono i giavellotti, ma il lancio apparve subito inutile. Tutto era accaduto con una velocità incredibile e non c'era stato il tempo per reagire.

Mi avvicinai al picchetto a cui era stata legata la giovenca e osservai la fune: era troncata di netto, come se fosse stata tagliata da cesoie affilate.

La sabbia della riva era sconvolta, come se fosse transitata una mandria di elefanti, ma non c'era alcun tipo di traccia riconoscibile. Qualunque cosa poteva aver provocato quel disastro.

Benché fossi sicuro che non sarebbe più successo nulla, restai per il resto della notte e potei assistere al fenomeno per cui tutte le tracce, anche le più profonde ed evidenti, sparivano: come avevo previsto, la marea che risaliva l'alveo del fiume espandeva il suo flusso su un largo tratto ai lati delle due rive levigando le sabbie fino a cancellare qualunque segno vi fosse stato impresso. Sul far del mattino, quando la marea si ritirò, non v'era più la minima traccia dell'accaduto.

Tornai al campo a fare la mia relazione al console Regolo, che mi ascoltò accigliato.

«Com'è possibile?» chiese quando ebbi finito di parlare.

«Tutto è avvenuto in un lampo: qualcosa è uscito dal fiume e ha trascinato via la mucca che avevamo legato sulla riva, ha troncato una corda di sei capi come fosse un gambo di sedano ed è sparito con la vacca senza lasciare che una macchia di sangue sulla superficie delle acque.»

Il console restò in silenzio per qualche istante, poi domandò di nuovo: «E ora, che cosa pensi di fare?».

«Si è visto che l'esca funziona. Il problema è il tempo di reazione che ci manca. Ho bisogno di più tempo... di più tempo...» Ragionavo ad alta voce, cercando dentro di me l'idea che avrebbe potuto risolvere il problema, e capivo anche che la seconda volta doveva essere quella decisiva. Quell'essere che usciva dall'acqua non mi avrebbe concesso molte alternative.

«Più tempo?» domandò il console. «E come?»

«Devo pensarci, console,» risposi «devo pensarci.»

Mi allontanai dopo aver chiesto il suo permesso, e andai a coricarmi sotto la mia tenda per riposarmi un poco. Ero stremato per la tensione, per l'emozione violenta che avevo provato e per la notte insonne. Piombai in un torpore pesante, e in quello stato la mia mente non fece altro che esplorare tutte le possibilità per risolvere il problema. A ogni tentativo fallito riprendeva l'esplorazione finché, non so dopo quanto, mi venne l'idea. E l'idea mi fece balzare sul letto.

Mi alzai e andai a cercare il tribuno Sesto Canidio.

«Già sveglio?» mi chiese. «Non dormi mai, tu.»

«Non c'è tempo di dormire: dobbiamo ammazzare quella cosa.»

«Facile a dirsi. Hai visto con che velocità è saltata fuori dall'acqua e ha divorato quella povera bestia.»

«Lo so» risposi. «Il problema è il tempo. Dobbiamo trovare il modo di conoscere in anticipo l'arrivo di quel mostro per accoglierlo come si deve.»

«Giusto. Ma non vedo come. L'acqua è torbida e non è possibile avvistarlo.»

«Io credo di saperlo. E non è difficile. Si tratta solo di trovare un uomo che abbia il coraggio di attraversare il fiume più a valle portando dall'altra parte il capo di una funicella.»

«Per che farci?»

«Trovami quell'uomo e te lo farò vedere.»

Canidio annuì in silenzio, e dalla sua espressione mi resi conto che stava pensando a chi dovesse rivolgersi per chiedere di compiere un'azione tanto rischiosa. Erano uomini che mettevano a repentaglio la vita in combattimento ogni giorno durante le campagne militari, ma l'ignoto li terrorizzava. Nuotare nell'acqua torbida sapendo che sul fondo poteva acquattarsi un essere mostruoso capace di ingoiare una vacca, sapendo che ogni bracciata poteva risvegliarlo, indurlo a emergere, che muovere le braccia e le gambe significava eccitarlo. Ecco perché Canidio era così dubbioso, ecco perché non poteva pensare a nessuno di sua conoscenza a cui chiedere un simile compito.

«Andrò io» disse alla fine.

«Non se ne parla nemmeno» risposi. «Non voglio rischiare la vita di un tribuno militare.»

«La vita è vita. Ed è tutto ciò che abbiamo. Io so bene che in questo momento nessuno dei miei uomini vorrebbe farsi divorare da quel mostro. Non è come affrontare la morte in battaglia. Sai chi hai davanti, sei alla luce del sole, sei armato e hai una possibilità. Qui, nient'altro che aspettare una morte orrenda. Non posso chiedere a nessuno una cosa simile. Andrò io. È deciso.»

«Come vuoi, tribuno: hai tu il comando.»

«Bene. Allora dimmi che cosa hai in mente.»

«Si tratta di portare l'altro capo della funicella sulla riva opposta e fissarlo in modo che resti teso sotto il pelo dell'acqua.

«Da questa parte legheremo allo spago un campanello di modo che quando passerà quella bestia urterà la funicella e farà tintinnare il sonaglio. Sarà il segnale che sta arrivando: avremo almeno quel minimo di tempo per appiccare il fuoco al materiale incendiario e disporci al tiro.»

«Semplice» rispose il tribuno. «Non ci avrei mai pensato.»

«Ma questa volta non mi bastano un po' di arcieri con dardi da caccia grossa. Voglio l'artiglieria. Quell'essere non è stato nemmeno scalfito dai nostri dardi, che pure lo hanno colpito. Ho visto sulla riva punte di frecce spezzate o piegate come fossero di piombo anziché di ferro temprato. Voglio delle catapulte con dardi da venti libbre... E un'altra vacca.»

Il tribuno sorrise: «Avrai le une e l'altra» rispose. «Ma prega gli dei che io riesca a raggiungere la riva opposta, perché non troverai altri volontari se io non ce la faccio. Quando?»

«Domani notte» risposi. «Dobbiamo riposare e prepararci. Questa volta non possiamo fallire.»

«No. Credo di no.»

«Bene. Ora farò ancora un giro d'ispezione. Tu intanto fai preparare quello che ci serve. E, se posso darti un consiglio, questa notte cerca di coricarti per tempo. Io farò lo stesso.»

Mi avviai verso l'uscita. Ma prima di sparire mi volsi indietro verso il tribuno: «Posso farti una domanda, tribuno?».

«Certamente» rispose lui.

«Tu hai idea del perché il console Regolo voglia sfidare questa creatura a tutti i costi? Io resto dell'avviso che avrebbe benissimo potuto muovere l'esercito più a monte senza problemi e lasciare un messaggio per le legioni in arrivo dall'Italia.»

«Se vuoi il mio parere, la penso così anch'io. Non c'è motivo di restare in questo maledetto posto. Il motivo più probabile è una faccenda personale fra lui e... il mostro.»

«In che senso?»

«Non me lo chiedere. Lui non si è mai confidato, e nessuno di noi ha mai osato domandarglielo. Forse è la sua natura caparbia che non gli fa mai accettare l'idea della sconfitta, forse tra le vittime c'era qualcuno che gli era molto caro e la cui vera identità ci è rimasta sconosciuta... difficile a dirsi.»

«Può darsi. In ogni caso mi sembra evidente che non

ci muoveremo da qui prima di aver ammazzato il nostro misterioso avversario. Auguriamoci buona fortuna. Ne abbiamo bisogno.»

«Che gli dei ti ascoltino» rispose il tribuno, e si allontanò.

Ripresi la mia ispezione nei pressi del fiume cercando il punto in cui sarebbe stato più semplice portare una fune sull'altra riva. Doveva essere abbastanza stretto e profondo, e lo trovai a circa trecento piedi verso valle. Segnai il punto con un picchetto da tenda e un mucchietto di sassi, poi me ne tornai all'accampamento, a mettermi in contatto con i gruppi addetti alle catapulte.

Era tutta gente esperta, che conosceva molto bene le proprie macchine e le sapeva maneggiare.

Organizzai tuttavia, con l'assistenza di Sesto Canidio, una manovra di prova durante la notte: un bersaglio finto che veniva improvvisamente rizzato con funi dopo un preavviso brevissimo, il lasso di tempo che il nostro nemico avrebbe presumibilmente impiegato a percorrere controcorrente la distanza di trecento piedi.

Gli armieri colpirono il bersaglio in pieno quattro volte su cinque, e mi parve un ottimo risultato. Li congedai perché andassero a riposare.

Cercai anch'io di dormire, ma non riposai gran che: ero troppo teso e preoccupato per il buon esito dell'azione che avevo preparato con tanta cura.

Quando finalmente venne la sera del giorno dopo, seguii Canidio mentre conduceva i suoi arcieri e gli artiglieri sulla riva del fiume Bagradas.

«Per prima cosa dobbiamo tendere la fune di allarme» dissi.

Canidio era già pronto e si stava spogliando per entrare in acqua. Dissi a uno degli armieri di puntare la sua catapulta verso la corrente fluviale, nel caso si fosse presentata la necessità di dare copertura al tribuno mentre attraversava il fiume.

Canidio afferrò uno dei capi della fune e si immerse cautamente. Fece qualche passo con l'acqua alle caviglie e poi alle ginocchia, e subito dopo si lanciò a nuoto verso il centro dell'alveo. Ce ne stavamo tutti in silenzio con gli occhi fissi su quell'uomo coraggioso che attraversava il fiume infestato da un mostro così spaventoso. Contavo mentalmente ogni istante che lo separava dall'altra riva, temendo di vedere improvvisamente l'acqua ribollire di schiuma e un dorso scaglioso emergere d'un tratto ma, per il momento, la fortuna ci assisteva. Eravamo anche sottovento perché era l'ora in cui cominciava a soffiare la brezza di mare, e il nemico non avrebbe potuto fiutare la nostra presenza.

Canidio raggiunse incolume la riva opposta e fissò il capo della fune con un picchetto da tenda che portava infilato nella cintura; poi tornò a nuoto con lunghe e potenti bracciate. Appena toccò terra legò un campanello all'altro capo della fune e poi la tirò.

«Si sente?» gridò.

«Si sente benissimo» risposi. Anche gli armieri assentirono.

Tirammo tutti un sospiro di sollievo. La prima fase dell'operazione si era conclusa felicemente. Canidio arrivò subito, si asciugò con un telo, si rivestì della tunica e cinse la spada.

«Ben fatto, tribuno» dissi.

Canidio annuì.

«Di dove sei?» gli chiesi.

«Di Anzio» rispose. «Ho imparato a nuotare prima che a camminare.»

«Si vede. Ora facciamo portare qui la vacca» risposi.

L'animale venne condotto verso la riva e assicurato a un picchetto con una fune.

Sono un uomo di campagna e lo sguardo di una mucca, così docile e mite, fa parte dei miei ricordi d'infanzia, quando mio padre mi affidava il compito di portarle al pascolo o di guidarle per la cavezza mentre trascinavano un carro di covoni di grano verso l'aia della trebbiatura. Occhi grandi, scuri e umidi. Forse è per quello che sono stati scelti come gli animali più adatti per i sacrifici, i più graditi agli dei.

Il sole toccava ormai la linea dell'orizzonte: una palla di fuoco che incendiava la grande distesa stepposa e allungava a dismisura sul terreno le sagome dei cespugli di amaranto e di ginestra. Ancora una sera tranquilla come tante altre, con la brezza di mare che cominciava a farsi sentire e la volta del cielo che lentamente s'incupiva.

Appena il sole fu scomparso, Espero scintillò al centro del cielo, come un diamante incastonato in una sfera di lapislazzuli. Pregai gli dei che mi concedessero la vittoria, perché tutto era stato predisposto per colpire quell'essere sanguinario.

Uno degli armieri si avvicinò a Canidio: «Tribuno, dobbiamo mettere in tensione le macchine?».

«No,» rispose «gli archi perderebbero di potenza. Dovete stare pronti a tendere e subito dopo a lanciare. Non c'è altra possibilità. Tutto il tempo che avete si misura dal primo istante in cui udirete il suono di quella campanella.»

«Ce lo faremo bastare» rispose l'armiere, e tornò alla sua postazione.

Passarono quasi tre ore senza che accadesse nulla.

Si avvicinava la mezzanotte e la marea cominciava a salire, l'onda che risaliva il fiume allargava la corrente fin quasi a lambire le zampe della nostra giovenca, che continuava però a ruminare tranquilla. Cominciai a pensare che non sarebbe successo nulla e che avremmo passato una notte in bianco senza concludere la nostra missione, quando vidi la mucca dare segni di agitazione.

Feci un cenno a Canidio come per dire "ci siamo", ma il tribuno scosse il capo e mi indicò una sagoma che passava poco distante: uno sciacallo. Falso allarme.

Ma appena cercai di rilassarmi udii distinto il suono della campanella, sentii un brivido corrermi lungo la schiena e i capelli rizzarmisi in testa.

Canidio gridò: «Arcieri, tirate! Catapulte, pronte!».

Gli arcieri scoccarono le frecce incendiarie che diedero fuoco alle esche. La giovenca sembrava impazzita e muggiva terrorizzata cercando di svellere il picchetto. Poi d'un tratto l'acqua al centro del fiume si gonfiò in una forma gigantesca, grondò a cascate su una superficie scagliosa fra zanne acuminate, fauci mostruose che scattarono come tenaglie.

«Tirate! Tirate!» urlava Canidio.

«Ora!» gridai io stesso lanciandomi istintivamente in avanti.

Fui inondato di sangue e vidi nello stesso istante la giovenca maciullata tra le fauci del mostro.

Subito dopo udii un ruggito spaventoso, una sorta di urlo rantolante che squarciò l'aria della notte, poi un fragore d'acqua ribollente, e fui investito in pieno da una nube di schiuma sanguigna. Udivo la voce di Canidio che gridava a squarciagola: «Tirate! Non fermatevi, tirate! L'abbiamo preso! L'abbiamo preso!».

Udii ancora i colpi secchi delle catapulte che scattavano scagliando i loro dardi di ferro forgiato. Il mostro si torceva ruggendo, flagellava l'acqua con la coda scagliando enormi masse d'acqua insanguinata in tutte le direzioni.

Le catapulte scattarono ancora e ancora, finché la bestia immane si accasciò morente.

Non credevamo ai nostri occhi. Ce l'avevamo fatta.

Nessuno di noi si mosse. Ce ne stavamo muti e increduli a guardare quella scena inverosimile: il corpo della mucca tranciato in due e il mostro fuori dall'acqua con la testa e una parte del corpo. Quattro dardi di catapulta lo avevano colpito: uno al collo, un altro in testa e due sul corpo. Sesto Canidio fu il primo ad accostarsi. Con la spada in pugno, a piccoli passi, guardingo. Toccò con la punta del gladio la testa del mostro, e poi gli occhi. Non vi fu nessuna reazione. Era veramente morto.

Allora ci avvicinammo tutti e lo guardammo da vicino, alla luce dei roghi accesi dalle falariche che ardevano ancora. Era enorme: con la testa e la parte visibile del corpo coperte da scaglie, con enormi zanne che sporgevano dalla mandibola.

«Ma che cos'è?» chiese Canidio girandosi verso di me.

«Non lo so» risposi. E dicevo la verità. «Non ho mai visto nulla del genere in tutta la mia vita.»

«Avvertite subito il console» disse Canidio.

Uno degli uomini si precipitò al campo, e in capo a un'ora non solo il console, ma gran parte dell'esercito accorse a vedere lo spettacolo. Si accalcavano l'uno sull'altro, e la ressa continuò per tutta la notte fino all'alba. Ognuno l'osservò attentamente, ma nessuno fu in grado di dire di che razza di animale si trattasse. Nemmeno i più anziani, e nemmeno un vecchio centurione amico del console, che aveva viaggiato in molti luoghi del mondo e si diceva che avesse risalito per lungo tratto anche il Nilo. In ogni caso, sentenziò che non poteva trattarsi di un coccodrillo perché di quelle bestiacce ne aveva viste tante e sapeva riconoscerle al primo sguardo anche da lontano.

Il console ordinò di tirarlo fuori dall'acqua e furono necessarie venti paia di buoi per trascinarlo in secca. Verso l'ora terza il mostro era completamente disteso sul terreno, all'asciutto, ed era ancora più spaventoso. Lo misurammo: dalla testa alla coda era lungo centoventi piedi, aveva il corpo coperto di scaglie durissime a formare una vera e propria corazza, che solo i dardi delle catapulte avevano potuto penetrare. In un certo senso si sarebbe potuto dire che somigliava a un serpente, ma aveva corte zampe artigliate che sporgevano dal corpo, e una testa che ricordava in qualche modo quella del coccodrillo.

Regolo ordinò di scuoiarlo, e ci vollero tre giorni di lavoro per staccare la pelle e la testa. La carcassa fu abbandonata a imputridire, e il fetore divenne così forte che fu necessario muovere il campo.

Pensai fra me che era una cosa ben strana: quell'animale che da vivo non era riuscito a costringere il console Regolo a muovere il campo, vi era riuscito da morto.

La pelle, una volta seccata e conciata, fu spedita con una nave a Roma, dove fu dapprima esposta nel foro per la meraviglia della folla e poi collocata nel tempio di Saturno, come trofeo.

Per quanto mi riguarda, fui ricompensato con una cospicua somma in denaro e una decorazione; ma devo ammettere che quell'impresa cui mi ero dedicato con tanto impegno e che avevo condotto a termine in modo impeccabile mi diede sicuramente la soddisfazione di avere salvato vite umane, ma anche un certo senso di colpa e un'angoscia che continuò a perseguitarmi per molti anni. Mi sembrava di avere inferto un colpo mortale alla Natura, che è madre di tutti gli esseri viventi, e di avere annientato una creatura che forse era l'ultima della sua specie, spinta da un bizzarro destino a confrontarsi con esseri minuscoli ma dotati dell'arma più letale: l'intelligenza.

Non mi sono mai spiegato la ragione per cui il console Attilio Regolo si fosse così intestardito a tenere il campo in un luogo tanto pericoloso, e a volere a tutti i costi la distruzione di un nemico che sarebbe stato facile neutralizzare semplicemente evitando di competere con lui. L'unica spiegazione che posso darmi sono il suo orgoglio e l'alto concetto che aveva di se stesso. Un sentimento che lo portò alla rovina. La morte atroce a cui andò incontro quando finì nelle mani dei Cartaginesi mi sembrò quasi una punizione, come se la Natura avesse voluto vendicare l'uccisione di una sua creatura, certo per noi mostruosa, ma in ogni caso mirabile per la forza, le dimensioni e l'incredibile potenza.

Sesto Canidio, coraggioso tribuno militare, morì anche lui in seguito al naufragio della sua nave. Io sopravvivo.

Per ora.

Il cavaliere invisibile

> Tan m'abellis vostre cortes deman qu'ieu
> no mi puesc ni voil a vos cobrire.
>
> ARNAUD DANIEL

Il cavaliere spuntò improvvisamente dalla nebbia come uno spettro. Portava un elmo a cono con il paranaso e la cotta di maglia. La spada a doppia impugnatura gli pendeva dalla cintura sul lato destro, un grande scudo bianco crociato di rosso era agganciato all'arcione sul lato sinistro e un mantello con gli stessi colori e la stessa insegna sanguigna gli scendeva dalle spalle fino a coprire le terga del suo destriero. L'animale, uno stallone normanno nero come la pece, spirava dalle nari la stessa nebbia che strisciava in fondo alla valle fra gli alberi ancora stillanti per la pioggia notturna.

Restai muto e in disparte a quella vista subitanea, mentre il mio padrone si volse a osservare il sopravvenuto con sguardo fermo, per nulla colpito dall'apparizione.

Un cavaliere templare.

E di alto rango a giudicare dalle armi, dal cavallo e dalla bardatura. Non era più giovanissimo: una barba quasi bianca gli incorniciava il nobile volto ma il portamento eretto, l'ampiezza delle spalle e la fierezza dello sguardo indicavano che era ancora lontano il tempo in cui avrebbe consegnato la sua spada massiccia a un più giovane confratello perché ne facesse buon uso.

«Chi sei, nobile signore?» gli chiese il mio padrone.

«Il mio nome è Antonius Bloch...»

«E io sono Jean de Roquebrune» rispose il mio signore. «Passi di qui per caso o mi seguivi con l'intenzione di parlarmi?»

«Ti seguivo» rispose il templare «da qualche tempo, e ti voglio parlare.»

«Allora smonta e siediti a questo bivacco. Il mio servo sta preparando la colazione e potrai dividerla con me, se ti fa piacere.»

«Accetterò il tuo pane» disse il templare balzando a terra con agilità e leggerezza, nonostante la robusta complessione e il peso della cotta di maglia.

Il mio padrone prese il pane fragrante dalla piastra di ardesia che si scaldava sulle braci, lo spezzò e ne porse una parte all'ospite. Antonius Bloch levò la mano a benedire quel pane mormorando una preghiera, poi lo prese e cominciò a mangiare.

«Dove siete diretti?» chiese dopo un poco.

«A Roncisvalle.»

«E poi?»

«A León. Re Alfonso ha invocato l'aiuto di tutti i cavalieri cristiani a cui stia a cuore la vera fede per difendere l'ultimo lembo di Spagna dagli infedeli.»

«Lo so.»

«E quindi anche tu verrai sicuramente con noi. È la prima cosa che ho pensato appena ti ho visto.»

«Solo fino a Roncisvalle, dove intendo rendere omaggio all'anima del conte Roldan e toccare le rupi ancora segnate dai colpi di Durendal...»

«Non vieni a León a combattere i mori? Perché?»

«Una missione ancora più urgente mi attende e devo ottemperare all'ordine dei miei superiori. Siamo, come sai, vincolati dal voto dell'obbedienza.»

«Che vuoi, allora, da me?»

«Il sire di Roquebrune è uno fra i più famosi cavalieri di Francia, e forse il più valoroso. L'unico, a mio avviso, che possa condurre a termine una grande missione.»

Presi del formaggio dalla bisaccia e ne tagliai due grossi spicchi per i cavalieri, ma Bloch rifiutò: forse osservava in quel periodo una qualche forma di astinenza. Roquebrune fissò negli occhi il templare senza dire una parola, ed egli continuò: «La mia presenza è richiesta altrove, altrimenti ti accompagnerei con il più grande entusiasmo. Ma sono certo che accetterai di condurre a termine l'impresa che ti chiedo: si tratta di trasportare un fardello per millecinquecento leghe attraverso cinque province e consegnarlo direttamente nelle mani del vescovo Esteban José de Ururoa nella città di...».

Non udii le ultime parole perché il templare si avvicinò al mio signore e gli bisbigliò qualcosa all'orecchio.

«Accetti?» disse poi.

Roquebrune prima lo guardò negli occhi ancora una volta, quindi accennò di sì con il capo.

«Ma devi promettermi una cosa: di non cercare mai di scoprire che cosa contiene. Un giorno saprai perché. Ciò che ti chiedo è un sacro giuramento. In cambio ti prometto il titolo di difensore della fede e il privilegio dell'indulgenza delle quattro sante basiliche romane per decreto stesso del papa.»

Il mio signore giurò e io mi stupii di come avesse potuto il cavaliere misterioso emerso dal nulla convincere in un tempo così breve il sire di Roquebrune a compiere una missione che si sarebbe rivelata piena di rischi e tutt'altro che facile. Ma forse è vero ciò che si mormora dei templari, che sono maghi e cultori di scienze occulte, capaci di trasformare le pietre in oro e di evocare dall'aldilà le anime dei trapassati.

Partimmo di lì a poco, dopo che ebbi governato i cavalli. Antonius Bloch cavalcava a fianco del mio signore e le loro armature splendevano ora sotto i raggi del sole che, vinta e dissolta la nebbia, si levava dalla pianura a illuminare le vette dei monti e le punte dei campanili. Le squille salutavano il nuovo giorno e il loro suono dolcissimo echeggiava di valle in valle, di villaggio in villaggio, a ricordarci che siamo tutti figli dello stesso Dio.

Raggiungemmo il passo al tramonto e, mentre calavano le ombre e scendeva un grande silenzio sul luogo sacro e terribile in cui i paladini di Carlo erano stati massacrati dai mori in un'imboscata, vidi con questi occhi il templare inginocchiarsi su una roccia levigata dalle intemperie di ere immemorabili e versare lacrime affermando che quello era il punto esatto in cui il conte Roldan era caduto esalando la sua anima generosa. Indicò un solco nella pietra dicendo che era stato prodotto dalla lama di Durendal quando il conte Roldan l'aveva spezzata affinché non cadesse nelle mani del nemico e potesse macchiarsi di sangue cristiano.

Non osai chiedere come poteva sapere simili cose visto che la roccia non differiva in nulla da altre che emergevano qua e là dai prati, perché non conviene a un servo rivolgersi a un cavaliere se non è interrogato e perché anche il sire di Roquebrune sembrava assolutamente certo delle affermazioni di Bloch. Anch'egli si inginocchiò sulla rupe e sfiorò con la mano il duro sasso che aveva bevuto il sangue di Roldan. Poi, in silenzio, i due si alzarono e si appartarono ai margini del bosco. Nella luce incerta dell'ultimo crepuscolo vidi qualcosa passare di mano in mano e il mantello di Antonius Bloch fluttuare per pochi istanti nell'aria fra i tronchi della foresta. Sparì come un fantasma così come era comparso dai fumi della nebbia quella stessa mattina.

Prendemmo a scendere verso la valle e vidi che un fardello, una specie di astuccio di cuoio, era assicurato sulla groppa del cavallo di Jean de Roquebrune, dietro l'arcione, e non potei fare a meno di fantasticare. L'aveva ricevuto da Bloch, ma a quale scopo? Che cosa conteneva? A chi era destinato? E perché Bloch ci aveva lasciato apparentemente così a cuor leggero? Come poteva essere certo che il suo prezioso carico non sarebbe andato perduto? Ladri e assassini, predoni e grassatori abbondavano in quelle contrade come in qualunque altro luogo.

I servi, si sa, sono curiosi e sentivo già la tentazione di sbirciare all'interno dell'involto dal momento che io non ero vincolato da alcuna promessa né da alcun giuramento, ma il solo pensiero che il mio padrone potesse scoprirmi mi faceva recedere immediatamente dai miei propositi e interrompere il mio fantasticare. Ma solo per un poco. Cercavo di occupare la mente con altri pensieri, di recitare delle orazioni, ma gli occhi cadevano ben presto sul fardello che ondeggiava per i movimenti del cavallo.

Ironda.

Questo era il nome del cavallo del mio signore, un animale forte e generoso dal bizzarro mantello nero e bianco da cui quell'appellativo non meno bizzarro che in provenzale significa "rondine". Potrei dirvi che anche il mio mulo aveva un nome, Arrabal, dal villaggio in cui l'avevo comprato per poco prezzo poiché era in uno stato pietoso, ma l'argomento è secondario e di scarsa importanza anche se il mio umile compagno ha svolto in questa storia un ruolo in fondo tutt'altro che trascurabile.

Cominciammo a scendere verso il versante ispanico del giogo pirenaico e a udire la curiosa parlata di quelle genti di stirpe basca o vasca, a seconda di come si voglia pronunciare la parola.

Una volta sentii una strana diceria che circolava nelle osterie di Aigues Mortes: non erano stati i mori a sterminare la retroguardia di re Carlo a Roncisvalle, bensì i baschi con il solo intento di predare e saccheggiare i carri con il bottino e le salmerie, e che il povero Gano di Maganza era stato infamato molto al di sopra dei suoi demeriti. Vero o falso, non fa grande differenza: i felloni e i figli di *puta* esistono anche fra le genti cristiane purtroppo come fra i mori, con la sola differenza che noi abbiamo la speranza della salvezza in virtù del sangue del Nostro Signore Gesù Cristo mentre loro sono soltanto destinati alle fiamme dell'inferno, eretici come sono e seguaci di Malcometto ambasciatore dell'Anticristo.

Ricordo anche che l'uomo che riferiva di quell'evento venne subito tacitato dai presenti, i quali non potevano nemmeno immaginare che il conte Roldan fosse stato sconfitto da una banda di ladroni montanari piuttosto che da un'oste agguerrita e soverchiante di mori infedeli, ma dentro di me pensavo che avesse ragione perché il conte non si sarebbe fatto sorprendere dall'attacco di un esercito nemico mentre non poteva aspettarsi un'imboscata di genti cristiane.

L'abbaiare di numerosi cani mi riscosse dai miei pensieri e spronai il mulo per entrare per primo nel villaggio che si presentava davanti a noi. Non potevo certo permettere che un grande cavaliere come Roquebrune fosse importunato da botoli stizzosi o da schiere di ragazzi petulanti o da pitocchi straccioni e rognosi. Il cielo si stava oscurando e prometteva pioggia: nubi tempestose si adunavano sopra il nostro capo, i lampi bagnavano di luce livida i tetti di ardesia di quelle povere case. Mi affrettai verso la piccola pieve che dominava da una collinetta il villaggio e mi rivolsi al pievano: «Sono il servitore del sire di Roquebrune,» gli dissi «il quale è in missione per monsignore il vescovo de Ururoa. Chiedo alloggio sotto il portico della vostra pieve».

«I cavalieri cristiani sono i benvenuti in questo luogo» rispose il pievano. «Accomodatevi nella mia modesta dimora. Di questa stagione i temporali possono essere assai violenti.»

Al mio segnale il padrone entrò nel cortile e smontò. Io legai Ironda sotto il portico a una certa distanza da Arrabal e feci accomodare il mio signore all'interno.

Il pievano lo fece sedere e gli fece preparare una zuppa calda mentre a me fece portare pane, formaggio e acqua. I tuoni cominciavano a far sentire la loro voce ma riuscivo ugualmente a udire qualche brano della conversazione che si svolgeva all'interno.

«Posso chiedervi, nobile cavaliere, quale missione vi conduce tanto lontano dalla vostra terra?»

«Mi dispiace, ma non ve lo posso dire. La meta è ancora lontana, il viaggio irto di pericoli, ma la vostra benedizione mi sarà preziosa, padre.»

«Più che una benedizione preferirei darvi il mio aiuto e il mio sostegno. Il vostro servitore non mi sembra una scorta affidabile. Anzi, mi ha l'aria di un giovane sciocco, se posso permettermi...»

«Forse un po' avventato talvolta,» corresse Roquebrune «ma buono e fedele.»

«Sarà, ma voi non conoscete il territorio e i molti diversi linguaggi che vi si parlano e quel vostro servitore non ha la minima esperienza di questa landa. Se la vostra missione vi conduce da monsignore il vescovo de Ururoa ha a che fare senza dubbio con la religione e la salvaguardia della vera fede. Tutti sanno che monsignore è un valoroso combattente oltre che un santo vescovo, che sa impugnare la spada altrettanto saldamente del pastorale. Dicono abbia ucciso più mori lui che il re Alfonso in persona, che Dio ce lo conservi il più a lungo possibile.»

Il mio padrone non rispose, o forse la sua risposta fu coperta dal rumore di un tuono. Ironda nitrì inquieto e la pioggia cominciò a cadere fitta e battente sui ciottoli del cortile.

«Lasciate che venga con voi» disse il pievano. «Vi sarò guida e interprete e anche valido aiuto in combattimento, se dovesse essere necessario.»

«Volete venire con me? Ma chi si prenderà cura dei vostri fedeli? Non è forse scritto che il buon pastore non abbandona mai le sue pecore ed è pronto a dare anche il sangue per loro?»

«Ho un vicario assai pio e zelante nel suo ministero e fra tre giorni giungerà il mio sostituto che già officerà la messa della prossima domenica. Nessuno avrà a rimpiangere la mia assenza.»

«Come vi chiamate, padre santo?» chiese Roquebrune.

«Don Felipe Montego Ruiz è il mio nome, e sono pronto ai vostri ordini.»

«Se questo è il vostro desiderio, allora unitevi a noi e spero che non abbiate a pentirvene.»

Non udii altro, perché il rumore della pioggia e dei tuoni si era fatto ancora più forte. Mi rannicchiai quindi in un angolo del portico vicino alla mia bestia e terminai il mio frugale pasto. Quando un raggio di sole squarciò infine le nubi e l'arcobaleno s'inarcò nel cielo da settentrione a mezzogiorno udii che la porta della pieve si apriva e mi volsi da quella parte. Accanto al sire di Roquebrune mi apparve allora il pievano e stentai a credere ai miei occhi. Non indossava più né cotta né stola bensì maglia di ferro e gambali e un cinturone cui stava agganciando una spada con il suo fodero di cuoio. Lo guardai attonito mentre quello si metteva due dita in bocca e, in modo per nulla pretesco, fischiava. Udii un nitrito e un galoppo e subito apparve un bel cavallo baio già sellato. Anche il mio padrone non riuscì a celare una certa sorpresa, ma fece conto di nulla e tutti e tre ci rimettemmo in cammino. Don Felipe Montego Ruiz, o come diavolo si chiamasse, sembrava di ottimo umore e chiacchierava con il suo compagno gettando ogni tanto un'occhiata al curioso fardello che portava dietro sulla groppa del cavallo.

«Non capita tutti i giorni» disse a un certo momento il mio signore «di assistere a una simile metamorfosi. Un attimo prima eravate un pio sacerdote e d'un tratto eccovi trasformato in cavaliere con tanto di destriero e armatura.»

«Non è una trasformazione, in effetti. Io vengo da una certa regione della Castiglia che è molto esposta da anni alle incursioni moresche e anche noi sacerdoti abbiamo dovuto accostumarci a vestire le armi per difendere il nostro gregge e salvare il Santissimo Sacramento dalle profanazioni che gli infliggerebbero gli infedeli.»

«Capisco,» affermò Roquebrune «ma io credevo che fosse fatto divieto ai sacerdoti di fare uso delle armi anche se non m'intendo molto delle norme che regolano la vita del clero.»

«Signor mio,» replicò don Felipe «alla fine dei conti è la coscienza l'ultimo nostro giudice, e io ho indossato queste armi il giorno in cui ho dovuto difendere donne e bambini inermi dalla furia di quei furfanti.»

«Non vedo insegna sul vostro scudo. L'avete voi stesso dipinto di nero o avete coperto, così facendo, l'arma che vi era impressa?»

«Avete indovinato. Trovai questo scudo su di un cavaliere defunto in combattimento. E dopo avergli dato onorata sepoltura, tenni il suo scudo per ricordo. Ma sapendo che non potevo fregiarmi di un'arma nobiliare e non avendo alcuna possibilità di restituirla alla sua famiglia di cui ignoravo finanche il nome, lo dipinsi di nero e lo tenni per me.»

«E ricordate lo stemma che c'era in origine sullo scudo che portate?»

«Sì che lo ricordo: un cinghiale sotto una quercia in campo azzurro. Perché, lo conoscete?»

«No» rispose il mio Roquebrune. «Non lo conosco. O, almeno, non ricordo di averlo mai visto.»

Nel frattempo eravamo ormai scesi nella pianura e avevamo preso la strada per Pamplona dove giungemmo in capo a quattro lunghi giorni di viaggio. La città, serrata fra le mura, ci accolse con un certo stupore dei passanti che si voltavano a sbirciare il nostro piccolo corteo. La piazza traboccava di mercanzie e brulicava di venditori. Venivano da tutte le parti, come si poteva vedere dalle loro vesti. Notai persino, non senza sorpresa, alcuni mori. Anzi, ebbi la netta impressione che loro notassero me, o noi, e la cosa non mi piacque per nulla.

La gente passava fra i banchi su cui erano esposte verdure e frutta di stagione: rape, insalata e fagioli, cesti di uova, qualche gallina e qualche maialino. Il bestiame, sia grosso che minuto, stava invece in un vasto recinto in fondo alla piazza e di là provenivano i muggiti delle vacche e i belati delle pecore e delle capre. Le campane suonavano a festa e la gente era ben vestita. Mi dissero che era il giorno della feria di san Firmino, il patrono della città. A un tratto un grosso toro ruppe il recinto, forse spaventato o irritato dall'abbaiare di un cane, e si mise a correre tra la folla. Le donne urlavano spaventate, i ragazzi invece sembravano divertiti e inseguivano a frotte il grosso animale imbizzarrito che si era messo a galoppare di gran carriera per le strette vie della città. Dopo il primo fuggi fuggi si scatenò una vera caccia al toro e la canea degli inseguitori era guidata, devo supporre, dal legittimo proprietario dell'animale che temeva forse che scivolasse prima o poi sull'acciottolato e si rompesse una gamba.

Il rumore di quell'inseguimento svanì a un certo punto, coperto sia dal suono delle campane sia dal brusio della gente che aveva ripreso animo e si raggruppava in capannelli per commentare l'accaduto. Alcuni dei venditori raddrizzavano i banchi rovesciati dal toro e cercavano di raccattare da terra quel che restava delle loro mercanzie. Alcuni ragazzi avevano approfittato della confusione per rubare un pezzo di torta o un po' di mandorle tostate o dolci al miele e correvano via a godersi in disparte il loro bottino.

Pernottammo in un ostello nei pressi della porta occidentale, dopo essermi consigliato con un mercante esperto della zona. Paglia pulita e fieno per i cavalli, giacigli decorosi per il mio signore e per il pio uomo al suo seguito. Feci passare anch'esso per cavaliere così da ottenere maggior rispetto. So per esperienza che un uomo d'arme riceve più riguardi di quanti non ne riceva un uomo di Chiesa.

Ironda è un animale bizzoso.

Va preso sempre per il verso del pelo, ma quella sera era particolarmente indisponente: sbuffava e scalciava e non c'era modo di avvicinarglisi. Dovetti pazientare e imbonirlo con un po' di biada che acquistai dallo stalliere per potergli passare la striglia e la spazzola sul groppone. Mi resi conto che non sopportava il suo vicino: il baio di don Felipe Montego. Non potevo trovare nulla da ridire perché se a Ironda non piaceva quel cavallo a me non piaceva il suo padrone. Aveva i capelli troppo lunghi, le mani troppo adunche e un colorito pallido, occhiaie scure e profonde che gli conferivano piuttosto l'aspetto di un fattucchiere che quello d'un sacerdote. E poi il fatto che si fosse appropriato delle armi di un defunto mi sembrava più opera da gaglioffo che da uomo d'onore e di preghiera. Per giunta mi aveva tacciato di sciocco. Spostai il suo cavallo di un paio di poste e quando mi volsi vidi che era comparso il mio padrone che mai si coricava prima di aver dato la buona notte al suo destriero.

Ne approfittai per parlargli: «*Mon Seigneur,*» esordii «voi sapete che vi ho sempre obbedito fedelmente e che ho sempre accettato le vostre decisioni ma, se perdonate l'ardire, io non avrei preso con me quel don Felipe. In fondo che cosa sappiamo di lui?».

«È un sacerdote, un uomo di Dio.»

«E se fosse del demonio? Non mi piace il suo sguardo né la sua improvvisa trasformazione e inoltre...»

«Che altro?»

«A Ironda non piace il suo cavallo.»

«Oh, questa poi...»

«Non è da sottovalutare: gli animali intuiscono cose che a noi non è dato capire. Non so in verità quale sia la vostra missione e che cosa vi abbia consegnato il cavaliere Antonius Bloch ma...»

«Che altro?»

«Non so. Era come se quell'uomo ci stesse aspettando. Il cavallo che è apparso bell'e sellato, l'armatura che è spuntata fuori come se fosse già stata accuratamente preparata...»

Il signore di Roquebrune parve d'un tratto colpito dalle mie parole e restò in sospeso a meditare per qualche istante, poi disse: «Molte volte i tuoi consigli si sono rivelati preziosi ed è per questo che ti ho confermato stabilmente al mio servizio, ma io penso che ti sbagli. E sai perché? Perché non vi fu alcun testimone del mio incontro con il templare, nessuno assistette al nostro colloquio. Come tu ben sai, eravamo al margine di una radura e non c'era anima viva, a parte te, nel raggio di cinque leghe. Ci scambiammo il sacro patto. Io pronunciai un impegno solenne al quale intendo mantenere fede a costo della mia stessa vita, quindi il cavaliere Antonius Bloch disparve così come era comparso dopo avermi lasciato in consegna un carico prezioso».

«Di cui non avete mai voluto rivelarmi il contenuto, né il significato...» dissi. Ma subito mi pentii del mio ardire. «Perdonatemi, *mon Seigneur*» aggiunsi subito. «Sono soltanto un povero servitore e non ho alcun diritto di aver parte nelle vostre faccende. Se mi sono spinto a tanta sfrontatezza è perché vi sono fedele e affezionato e non vorrei essere escluso da nulla che vi riguardi e inoltre perché sono cristiano e credo che questo lungo viaggio abbia a che fare con la difesa della nostra fede.»

Devo ammettere con me stesso che esagerai nella mia tardiva perorazione, ma il lampo di sdegno che era balenato nello sguardo di Jean de Roquebrune mi aveva spaventato e indotto a correre prontamente ai ripari. Le mie parole accorate ottennero tuttavia l'effetto desiderato: il mio padrone addolcì il suo cipiglio e parlò con un tono di voce assai contenuto: «Se non ti ho fatto rivelazioni è per due motivi: il primo è che tu sei un servo e io sono un cavaliere, e questo non devi dimenticartelo mai se non vuoi che ti prenda a piattonate sul didietro fino a spappolarti quel tuo culo da poltrone. Il secondo è che un segreto a te confidato rimarrebbe tale solo per pochi minuti, dopo di che diverrebbe in men che non si dica di dominio pubblico...».

«Ma, *mon Seigneur*...» cercai di replicare.

«Osi forse contraddirmi?»

«Dio me ne guardi» risposi; e il mio tentativo di saperne di più finì lì, per la seconda volta. Tuttavia ebbi una subitanea folgorazione: «Posso almeno chiedere a *mon Seigneur* dove si trova in questo momento il nostro prezioso carico?».

Roquebrune sembrò colto da un brivido: «Nel mio alloggio,» disse «sotto chiave».

«Quale chiave?»

«Quella della camera.»

«Che avrà anche l'oste e chissà quanti altri. Avreste dovuto chiamarmi prima di scendere e io avrei preso il vostro posto. Vedete, *mon Seigneur,* prima o poi dovrete rassegnarvi all'idea che io possa ricevere incarichi e confidenze importanti. A meno che non vogliate mettervi nelle mani di quel prete pallido.»

«Pallido ma robusto. Smettiamola di cianciare e muoviamoci, su, per tutti i diavoli!» imprecò. Attraversò di corsa il cortile e io gli tenni dietro di gran carriera.

Salimmo gli scalini a quattro a quattro facendo un baccano d'inferno e in men che non si dica fummo di fronte alla porta. Il padrone aveva già estratto la chiave e la infilò nel buco della serratura facendo scorrere il chiavistello.

«Resta qui, tu!» m'ingiunse prima di irrompere all'interno. Lo udii che frugava affannosamente in un angolo della stanza, poi dopo un poco lo vidi riapparire davanti a me sulla soglia.

«Tutto a posto?» chiesi.

«Grazie a Dio» rispose il padrone. «Mi hai fatto prendere uno spavento...»

«Io, *mon Seigneur*? Vi ho solo ricordato una non trascurabile eventualità.»

Il padrone sbuffò, si grattò la nuca poi disse: «Mi sono sempre chiesto dove hai preso quell'eloquio forbito, del tutto inadatto a un servo».

«Ognuno ha i propri segreti, *mon Seigneur*» risposi.

In quello stesso attimo vidi apparire come dal nulla don Felipe Montego e udii la sua voce rauca che domandava: «È forse successo qualcosa?».

«Nulla, non è successo nulla» disse Roquebrune. «Mi ero ricordato di aver lasciato la mia borsa con il poco denaro che possiedo in questa camera. Luogo tutt'altro che sicuro, suppongo. Ma per fortuna non è stato toccato niente. E ora sarà meglio che ci ritiriamo per riposare, perché domani dovremo alzarci prima dell'alba e metterci in cammino. Dobbiamo cercare di percorrere il più possibile del nostro itinerario.»

I due si ritirarono ognuno nel proprio alloggio ma io non avevo sonno e scesi al pianterreno dove c'era l'osteria. L'oste era magro e allampanato, completamente calvo e con due occhi bianchi e spiritati. Il contrario di quello che uno si immagina: gli osti infatti – e tanti ne ho visti nel mio peregrinare – sono di solito bassi, grassi, unti e rubizzi. Questo scivolava fra i tavoli e le panche come uno spettro e depositava qua e là piatti di lenticchie in umido con le cotenne di porco. Gli avventori erano numerosi, come succede nei giorni di mercato, e di ogni provenienza. E – l'ho già detto – perfino dei mori!

Ebbi un sussulto quando vidi quelle facce scure e non ebbi dubbi guardando cosa stavano mangiando: pane, acqua e verdure. Certo, si sa che i baschi sono noti per commerciare con chiunque, che non vanno tanto per il sottile quando si tratta di guadagnare quattrini, ma una tale vista mi impressionò. Mi sedetti ordinando un bicchiere di vino e quando l'oste mi fu vicino gli chiesi in catalano: «Chi sono quelli?».

L'oste storse la bocca: «Il primo comandamento del nostro mestiere è di non fare domande e nemmeno di rispondere, se uno vuole avere vita lunga. Qui passa gente di tutte le razze e di tutti i colori. A me basta che paghino il conto senza discutere e senza tirare sul prezzo. Il resto non m'interessa».

«Anche se sono degli infedeli?»

«I figli *de puta*...»

«Ci sono anche fra i buoni cristiani» conclusi io sapendo già dove sarebbe andato a parare il discorso.

«Appunto» confermò l'oste. E sparì.

Restai seduto al tavolo a tenerli d'occhio finché non si alzarono e non si diressero verso la corte interna dove c'erano gli alloggi più a buon mercato: semplici giacigli sotto gli archi del portico. Finsi di cercare anch'io una sistemazione in quel settore dell'ostello e passai loro piuttosto vicino. Parlottavano sottovoce ma non riuscii a capire nulla. Tuttavia notai che poco distante c'era un gruppetto di mercanti che portavano una merce molto preziosa: i frutti dorati che gli stessi mori hanno importato e diffuso nella penisola iberica e che si dice fossero i pomi del giardino delle Esperidi.

Arance.

Dunque quei buoni cristiani venivano dal Sud, dalla terra dei mori, e forse ne capivano anche il linguaggio. Mi accostai a loro con la scusa di chiedere un po' di sale.

«Ho finito la mia scorta e se domani servirò insipida la colazione al mio padrone mi prenderà a bastonate. Vi prego di darmene una mezza manciata, per l'amor di Dio.»

«Eccoti una mezza manciata di ottimo sale di Cadice, forestiero: sei fortunato che oggi gli affari sono andati bene, altrimenti te l'avremmo fatto pagare.»

«Vi ringrazio di cuore, amici miei: mi avete salvato la schiena e fors'anche il sedere. Ma ditemi, da dove venite?»

«Da Granada.»

«Vi compiango: dev'essere terribile vivere sotto la schiavitù dei mori.»

«Non direi» rispose un altro. «Ci sono ottime scuole, ottimi medici, ottima distribuzione dell'acqua in tutti i campi. Illuminazione di notte per le strade della città, ottima nettezza delle medesime.»

Celai a stento la mia sorpresa: «Scuole, avete detto? Dunque conoscete la lingua di questi infedeli».

«Certo che sì.»

«E che cosa stanno dicendo in questo momento, se è lecito?» chiesi mentre risuonavano al mio orecchio i discorsi incomprensibili dei mori accoccolati sui loro tappeti.

«Perché lo vuoi sapere?» domandò un altro dei miei interlocutori.

«Perché ho l'impressione che quei galantuomini si trovino sempre dove mi trovo io, e la cosa mi dà una certa apprensione.»

L'uomo sogghignò: «Sono dei gran signori, cosa credi? Non gli interessa nulla di un pidocchio come te».

Mi sentii offeso da un giudizio tanto disdicevole, ma non reagii per non compromettere le mie relazioni con quella gente.

«Sarò anche un poveretto,» risposi «ma sono un buon cristiano e timorato di Dio. Come dovreste essere anche voi, se non sbaglio. E non dimenticate che viaggio con un nobile e famoso cavaliere: il sire di Roquebrune.»

«Se proprio lo vuoi sapere, stanno parlando del loro itinerario di viaggio. Hanno nominato il Ponte dei Rumi.»

«Una località che non conosco.»

«Significa il "Ponte dei Romani". Un luogo a sei giorni di marcia da qui, in direzione ovest, che prende il nome da un antico ponte su un affluente del rio Salado.

Come vedi, non hai nulla da temere. Non stanno complottando ai tuoi danni.»

«No. Ma ho come il presentimento che il ponte di cui parlavano si trovi sulla strada che anche noi dovremo percorrere. Grazie comunque per il vostro aiuto. Vi auguro una buona notte.»

Raggiunsi la stalla e mi preparai un giaciglio di paglia accanto al mulo Arrabal che masticava fieno con aria meditabonda.

La notte trascorse tranquilla e, stanco com'ero, feci tutto un sonno finché un rumore mi destò d'un tratto: aprii gli occhi e mi trovai di fronte uno dei mori, scuro in volto e con due occhiacci bianchi e spalancati che mi fissavano. Ebbi un tuffo al cuore e mi tirai su a sedere, pronto a scattare in piedi e a darmela a gambe. Lui si limitò a osservarmi come se fossi una qualche specie di insetto raro, poi scoprì una doppia fila di denti bianchissimi in una specie di ghigno che non avrei saputo come interpretare e subito si allontanò verso le poste dei cavalli.

Udii un tintinnare sospetto sotto il suo barracano, dal che dedussi che doveva essere armato. Mi convinsi vieppiù che avremmo dovuto guardarci da quei pagani e andai alla fontana per lavarmi il viso mentre recitavo le preghiere del mattino. Passò di là una contadina con delle uova e ne acquistai una mezza dozzina per preparare la colazione: una appetitosa frittata cui accompagnai del pane appena sfornato. Il prete, o chiunque fosse, apparve per primo, attirato dal buon odore del cibo. Non mi era stato simpatico fin dal primo momento e il fatto che non tirasse mai fuori un soldo per pagare il cibo comune non faceva migliorare l'opinione che avevo di lui.

«Ho visto passare dei mori» disse.

«E io prima di voi» risposi. «E mi chiedo che cosa ci facciano da queste parti.»

«Nulla di particolare, probabilmente. Saranno dei mercanti.»

«Sono dei combattenti» risposi. «Sono quasi certo che hanno delle armi nascoste sotto i mantelli.»

«Chiunque siano, non abbiamo paura di nessuno e possiamo riprendere tranquillamente il nostro viaggio.»

Apparve in quel momento il cavaliere di Roquebrune. Indossava la cotta di maglia e portava la spada alla cintura. Ironda lo salutò con un sonoro nitrito e scalpitò impaziente.

«Sedetevi e mangiate» dissi. «Mi occuperò io del cavallo.» E mentre *mon Seigneur* addentava un pezzo di pane e prendeva con l'altra mano un po' di frittata io sellai il cavallo e misi il basto al mulo. Non vi fu bisogno di sellare la cavalcatura di don Felipe, che era già pronta di tutto punto. Almeno di questo non potevo lamentarmi.

Partimmo al levar del sole in una bella e limpida mattina di quella primavera iberica, ma io avevo dei brutti presentimenti. Avanzammo al passo per tutta la mattinata fermandoci di quando in quando a bere all'acqua delle fonti o a riposarci all'ombra di un albero.

A volte, se incontravamo un albero di noci o di avellane o di mandorle mi fermavo e cercavo se ne fossero rimaste in terra. Quando avevo fortuna ne raccoglievo più che potevo e poi le schiacciavo per il mio padrone. Raccoglievo anche dei germogli di olmo per Ironda, che ne era ghiotto. Insomma facevo di tutto perché *mon Seigneur*, commosso dalla mia fedeltà e zelo, si decidesse a rivelarmi che cosa mai ci fosse in quell'involto che si portava dietro la sella.

Don Felipe parlava poco. Confabulava a volte con i contadini nei campi o con gli abitanti dei villaggi con l'aria di chiedere informazioni e scambiava qualche impressione con Roquebrune. Trascorremmo due notti all'addiaccio nei campi e solo il terzo giorno potemmo dormire in una locanda e mangiare una zuppa calda di lenticchie e di fave secche. Attraversammo poi un terreno piuttosto arido coperto qua e là di stoppie e interrotto da qualche appezzamento di ulivi. Tutto sembrava tranquillo quando, a un tratto, sentii che il mio mulo Arrabal diventava nervoso, s'impuntava, sbuffava e duravo fatica a mantenerlo sul sentiero. Sembrava in certi momenti che fosse lì lì per voltare le terga e tornarsene al trotto da dove eravamo venuti.

Non tardai a rendermi conto del motivo di tanta eccitazione: aveva fiutato l'odore di animali forestieri! Eravamo ormai sul far della sera quando apparve davanti a noi il Ponte dei Rumi, ossia dei Romani. Un'antica, massiccia struttura di pietra e mattoni che attraversava il rio Salado con possenti arcate a tutto sesto. Sul ponte, l'uno accanto all'altro in una postura tale da sbarrare il passaggio, c'erano quattro cavalieri. E due di essi, non avevo dubbi, erano i mori che avevo visto a Pamplona. Li riconobbi dal colore del mantello e dalla lucentezza della stoffa ancora ben visibile nella luce del crepuscolo.

Roquebrune mise mano alla spada ma non rallentò la sua andatura e scambiò una rapida occhiata con don Felipe Montego. Ero a poca distanza e potei udirne le parole.

«Pare che stiano aspettando noi» disse Roquebrune.

«Infatti» confermò don Felipe.

«Con intenzioni ostili, probabilmente.»

«Altrimenti non sarebbero schierati in quel modo a impedire il passaggio... Che facciamo?»

«L'onore mi impone di attaccare, ma il dovere mi induce alla prudenza.»

«Il dovere e l'onore sono la stessa cosa, mi pare.»

«Non ho certo bisogno che me lo insegni un pievano.»

«Andiamo, Roquebrune: non ci metteremo a discutere di questioni di principio proprio ora. Che decidiamo di fare? Attacchiamo o scappiamo?»

Roquebrune, dopo alcuni attimi di silenzio, disse: «Attacchiamo, che diamine. Dio ci aiuterà dal momento che questo viaggio l'ho intrapreso a sua maggior gloria».

Poi tirò le redini di Ironda e venne verso di me facendomi cenno che mi avvicinassi.

«*Mon Seigneur*...» risposi deferente.

Roquebrune sciolse i lacci che legavano il suo prezioso fardello alla sella e me lo porse: «Se dovesse accadermi qualcosa, custodisci questo involto e portalo alla sua destinazione, al vescovo de Ururoa in Galizia, e assicurati di porlo direttamente nelle sue mani».

«*Mon Seigneur*...» balbettai. «Sono certo che non vi accadrà nulla, ma se dovessimo sbandarci l'appuntamento è al convento di San Jordi a cinquanta leghe da qui lungo la strada che va oltre il ponte. Laggiù conosco un paio di quei buoni frati e sono certo che ci aiuteranno.»

«Ti ringrazio» rispose il sire di Roquebrune. «E ricorda di rispettare il mio giuramento secondo cui nessuno deve sapere che cosa contiene quel fardello.»

«Che Dio v'assista, *mon Seigneur*. Saprò essere all'altezza della vostra fiducia» risposi non senza commozione nella voce.

Subito dopo le mie parole Roquebrune si girò verso il ponte e, fatto un cenno al suo compagno, si calò la celata sul volto, sfilò dalla staffa la lancia, la pose in resta e spronò. Ironda si lanciò al galoppo, ed era uno spettacolo emozionante vedere il mio cavaliere tenere saldamente lo scudo scintillante nella sinistra e curvare il corpo in avanti per reggere l'impatto della lancia mentre il terreno vibrava sotto il martellare furioso degli zoccoli ferrati del suo destriero.

Non fu senza sorpresa, devo dire, che vidi anche il pievano spronare e lanciarsi al suo fianco, di poco più indietro, verso il gruppo di armati che tenevano il ponte. Dal modo in cui cavalcava e imbracciava le armi non aveva per nulla l'aspetto di un pio uomo quanto piuttosto quello di un ammazzasette. Gridava e imprecava con espressioni assai poco cavalleresche, dal che trassi alcune interessanti deduzioni su cui tornerò più avanti nel corso di questi miei umili commentari.

L'impatto fu tremendo quanto fragoroso: uno dei mori fu sbalzato di sella e uno cadde dal ponte dentro il fiume. Ma gli altri reagirono con grande energia e la zuffa si accese furibonda. Sprizzavano scintille dal cozzare dei brandi, i cavalli s'impennavano nitrendo e Ironda mordeva, com'è suo costume, il collo dei destrieri avversari o colpiva con gli zoccoli anteriori.

Io trepidavo impotente a una distanza di mezza lega tenendomi saldamente alle redini del mio mulo e potevo vedere a una distanza ben maggiore dei contadini spauriti che si allontanavano fino in fondo ai margini dei campi, lontano il più possibile dal clangore dello scontro che si faceva a ogni istante sempre più cruento.

A un tratto ebbi la sensazione che tutto fosse perduto perché altri guerrieri mori accorsero verso il ponte da un casolare mezzo in rovina in cui dovevano essersi nascosti, ma il mio padrone e don Felipe continuavano a battersi e, sia pur lentamente, a farsi largo tra le file nemiche. Che dovevo fare? Era evidente che non sarei riuscito a passare a meno che loro non li avessero uccisi tutti, ma era comunque pericoloso restare in quel luogo e così decisi di andarmene verso sud fino a che non avessi trovato un guado che mi conducesse al convento di San Jordi. Spronai il mio mulo e mi lanciai al trotto verso meridione, l'unica via che mi fosse consentita. Mi allontanai di parecchio, al punto che non udivo più il rumore del combattimento, cosa che da un lato mi dava sollievo, dall'altro angoscia profonda non sapendo che cosa stesse accadendo al mio padrone.

Rallentai perché sentivo il rumore degli zoccoli di un cavallo: che fosse lui? Mi volsi e il sangue mi si gelò nelle vene. Alle mie spalle giungeva al galoppo uno di quei mori e, benché fosse ancora piuttosto lontano, dal colore delle vesti oltre che dalla corporatura mi resi conto che era proprio quello che mi era apparso sogghignante sotto il portico delle scuderie a Pamplona. Incitai a spron battuto il povero Arrabal, ma come poteva mai un mulo avere la meglio nel confronto con un ardente destriero arabo? Il mio animale ce la mise tutta ma a un certo momento inciampò e mi mandò lungo disteso a rotolare sul terreno. Quando alzai lo sguardo pensai che quella terribile scimitarra che avevo già sentito tintinnare sotto il barracano tre giorni prima a Pamplona mi avrebbe subito mozzato la testa e invece mi si offrì ben altro spettacolo alla vista: il moro era sceso dal suo destriero e si avvicinava al mio mulo. Non tardai a rendermi conto che ciò che lo interessava era il fardello assicurato al basto! Avanzava circospetto, senza degnarmi di uno sguardo, come se io non esistessi. Che potevo mai fare? A un tratto ebbi un'ispirazione pensando alle reazioni spesso inconsulte della mia cavalcatura e, mentre il moro era ormai vicinissimo alle sue terga, raccolsi un sasso, presi con cura la mira e, appena vidi che sollevava la coda per cacciare le mosche, tirai colpendolo esattamente nel bersaglio che mi ero prefisso e che taccio per decenza. La reazione fu immediata: con un raglio poderoso Arrabal scalciò all'indietro centrando il moro in pieno petto e scaraventandolo privo di sensi ad almeno cinque passi di distanza.

Ero salvo, o meglio, era salvo il prezioso oggetto che il mio padrone mi aveva affidato. Attesi per un poco che il mio mulo si fosse calmato, dopo di che lo presi per la cavezza e rimontai sul basto. Tornai indietro per un certo tratto verso il ponte per controllare quale fosse la situazione, ma vidi che c'erano ancora quattro o cinque mori a presidiarlo mentre del mio padrone e di don Felipe nessuna traccia. Che cosa era mai stato di loro? Decisi di recarmi all'appuntamento al convento di San Jordi, come avevo promesso, ma dovetti risalire il fiume per quasi una giornata prima di trovare un guado. Poi, per quattro giorni di cammino, proseguii fino a un altro fiume chiamato rio Caudiel, più facile da attraversare, e di là raggiunsi, prima che calasse il sole, il convento di San Jordi.

Ahimè!

Non ne restavano che rovine. Legai Arrabal alla colonnetta che un tempo doveva reggere un'acquasantiera e mi inoltrai in silenzio lungo le navate deserte e i muri diroccati. Non c'era più tetto e folate di vento passavano fra le colonne e gli archi sollevando piccoli mulinelli di polvere negli angoli di quel tempio ridotto a un rudere. Chiamai: «C'è nessuno?». Mi rispose solo la voce lamentosa del vento.

Notai poco dopo l'accesso, mezzo ostruito, a una cripta, e presi a scendere lentamente i gradini. Mi trovai in un ampio sotterraneo: in fondo, l'altare su cui era scolpita l'immagine di san Giorgio che uccide il drago, il demone infernale. Le fauci del mostro erano rappresentate con tale efficacia che ne ebbi paura. Ebbi quasi l'impressione che potesse d'un tratto far guizzare nell'aria quella coda e tagliarmi la testa con un sol colpo.

Non c'era altro: le suppellettili erano state razziate, le pietre ornamentali sconficcate dalle loro sedi. C'erano persino tracce di escrementi negli angoli più bui di quel luogo un tempo sacro.

Un rumore. O una mia impressione? Il luogo, tetro e abbandonato com'era, mi dava i brividi e forse mi ispirava incubi con l'attenuarsi progressivo della luce, con il calare delle tenebre. Mi chiedevo soprattutto quando sarebbero mai arrivati il mio padrone e il bislacco pievano combattente che si era a noi accompagnato con sfrontata insistenza. Poi udii un nitrito sommesso e uno sbuffare. Ironda! Non poteva essere che lui. E in sella al focoso destriero doveva pur esserci il suo padrone seguito dal suo provvisorio accompagnatore. Sentivo infatti lo scalpiccio di due cavalli sulla pavimentazione del sagrato, e quindi il passo di due persone. Ringraziai in cuor mio san Giorgio, patrono di quel luogo solitario, e mi affrettai su per le scale. Ecco, ero in superficie e ad attendermi... No! Non erano loro, ma due dei mori superstiti che avevo visto a presidio del ponte quando ero fuggito di gran carriera! Stavano armeggiando attorno al basto di Arrabal, segno evidente che le loro intenzioni non erano mutate, ma al mio apparire lasciarono a mezzo la loro occupazione, sguainarono le scimitarre e cominciarono ad avvicinarsi l'uno da una parte e l'altro dall'altra per precludermi ogni via di scampo dalle navate laterali.. Questa volta ero perduto e certo non potevo contare sull'aiuto del pur valoroso mio Arrabal che scodinzolava tranquillo e cercava di brucare un ciuffetto d'erba nata fra le crepe del pavimento.

Tentai un paio di finte per aprirmi una via di fuga da una delle finestre, ma quelli nemmeno si scomposero e continuarono ad avanzare verso di me. L'ultimo raggio del sole morente tingeva di rosso le punte delle loro lame, quasi un segno del mio imminente martirio. Ma mentre mi preparavo a raccomandare l'anima mia un altro nitrito, questa volta inconfondibile, echeggiò all'esterno e subito dopo il mio padrone apparve alla vista fiancheggiato da don Felipe. L'uno e l'altro brandivano le spade e ingaggiarono un furioso duello con i due guerrieri mori. Uno di essi cadde trafitto dalla spada di Jean de Roquebrune, mentre l'altro, vista la mala parata, riuscì a guadagnare l'uscita, a balzare sul suo corsiero arabo e a dileguarsi nell'oscurità.

«Mio fedele servitore!» esclamò il padrone venendomi incontro.

«*Mon Seigneur!*» lo salutai con entusiasmo. «È il cielo che vi ha mandato. Un attimo dopo e avreste trovato questo luogo intriso del sangue del mio martirio.»

Un fuoco.

Lo accendemmo al centro della navata principale e cucinammo le scarse provviste che ci erano rimaste. Io stesso preparai una stiacciata con un po' d'acqua, olio e farina, e quando avemmo calmato un poco i morsi della fame cominciai a riflettere ad alta voce sugli eventi degli ultimi giorni e soprattutto su quelli delle ultime ore. Come facevano i due mori a sapere che mi avrebbero trovato al convento di San Jordi?

«Casualmente» fu la risposta di don Felipe Montego Ruiz. «Si tratta di una logica tappa lungo l'itinerario che porta all'Oceano.»

«Ed è casualmente che frugavano sul basto di Arrabal, proprio come aveva fatto il loro degno compare, laggiù al ponte romano?»

«Casualmente» confermò don Felipe. «È normale per un predone frugare nel bagaglio altrui. È là che possono aspettarsi di trovare un po' di bottino.»

«Nel bagaglio di un servo sul basto di un mulo? Signor mio, spero non vorrete farvi giuoco di me. Quelli erano dei signori. Guardate questo qua» dissi indicando il cadavere del moro ancora riverso sul pavimento a poca distanza. «Vesti di fine broccato, fascia di seta, scimitarra damaschinata. No, sono certo che cercavano ben altro e mi piacerebbe molto sapere chi gli ha riferito di ciò che stiamo portando con noi, visto che al momento della consegna di questo prezioso quanto misterioso fardello non c'erano che il mio padrone e il cavaliere templare Antonius Bloch.»

«Sfrontato impudente!» esclamò allora don Felipe Montego. «Non vorrai forse insinuare che...»

«Siete voi che vi sentite punto sul vivo» ribattei senza batter ciglio. «Io non ho detto proprio nulla.»

Credo proprio che saremmo venuti alle mani se non fosse stato per una voce alle nostre spalle che ci fece trasalire e subito desistere dal nostro alterco: «È permesso?».

Davanti a noi avevamo uno strano personaggio, vestito di una rustica casacca di fustagno, la testa pelata, l'età più vicina ai settanta che ai sessanta, che trascinava per la briglia un asino carico di una quantità di cianfrusaglie.

«Francisco de La Fontaine» si presentò. «Di padre francese e madre iberica. Cerusico e alchimista, illuminatore e dipintore, buon cristiano seppure indegno peccatore. Chiedo di unirmi a voi in questa notte tenebrosa. Domani il Signore ci ispiri sulla via da prendere.»

Lo guardammo tutti e tre piuttosto sorpresi e subito la nostra disputa si acquietò.

«Potete restare» rispose per tutti il sire di Roquebrune. «Se v'accontentate dello scarso riparo che questo santo albergo può offrire. Speriamo solo che non piova.»

«Se permettete» riprese a dire il sopravvenuto «vorrei dividere con voi la mia parca cena, a parziale riconoscenza della vostra gentilezza d'animo.»

Nessuno obiettò, vista la scarsità della nostra annona, ed egli estrasse dalle sue bisacce ogni grazia d'Iddio: pane e mandorle, cacio di pecora e di vacca, persino uova che mise a cuocere in mezzo alla cenere. Avevamo gli occhi lustri alla vista di tanta appetitosa dovizia e, fatta salva la decenza, ci gettammo avidamente sul cibo, fanti e cavalieri, chierici e laici.

Inutile dire che il signor Francisco de La Fontaine si unì a noi da quel momento in poi visto che si recava a Burgos a illuminare un evangeliario e temeva molto di viaggiare da solo. Non ebbi da allora molte occasioni di rimanere solo con il mio padrone ma continuavo a tenere d'occhio don Felipe Montego perché il suo modo di spiegare tutto con la casualità mi sembrava a dir poco sospetto. Intanto il misterioso fardello consegnatoci da Antonius Bloch era di nuovo traslocato sulla sella di Ironda ed era sotto la stretta sorveglianza del mio padrone.

Ci volle una buona settimana di cammino per raggiungere Burgos dopo che avemmo attraversato l'Ebro a Logrono. Di tanto in tanto don Felipe spronava la sua cavalcatura verso le colline per controllare meglio il paesaggio attorno e poi rientrava nella nostra piccola carovana non avendo scorto nulla di inquietante. Il signor Francisco de La Fontaine fu, devo ammetterlo, un compagno di viaggio inappuntabile e ogni sera il suo personale contributo alla mensa comune era di tale opulenza da comunicarci una sorta di euforia vespertina quando il sole calava proprio di fronte a noi sulla sterminata distesa brunoverde della grande Castiglia.

Le giornate si allungavano di giorno in giorno e la luce indugiava a lungo nel cielo anche dopo che il sole era tramontato. A volte, il signor Francisco si metteva seduto su un suo sgabello portatile da campo e mentre io governavo le bestie prendeva da una delle sue numerose bisacce un foglio di pergamena, pennelli e colori e si metteva a dipingere.

Un giorno mi avvicinai e gli chiesi se potevo vedere ciò che stava facendo e lui me lo mostrò sorridendo: era un ritratto del mio padrone, così somigliante da lasciare stupefatti.

«Le fattezze di un eroe» commentò. «Le riprodurrò un giorno in un grande affresco.»

Giungemmo finalmente a Burgos e, quando fummo al cospetto del meraviglioso tempio di quella nobile città, mi volsi al signor de La Fontaine per congedarmi.

«Voi restate, mi pare» gli dissi. «È stato un piacere avervi con noi.» E non mentivo, visto come avevamo mangiato e bevuto durante tutti quei giorni.

«Resto,» confermò de La Fontaine «ma voglio sdebitarmi per la protezione che mi avete accordato. Nessuno infatti avrebbe osato attaccarci con due tanto temibili cavalieri alla nostra testa.»

«Vi siete già sdebitato» rispose don Felipe Montego. «La vostra dispensa era una vera cornucopia.»

«Ma ciò che vi darò è un regalo molto speciale. Ecco qua.»

Estrasse un altro foglio di pergamena e lo sciorinò davanti a noi. Era una mappa, non v'era dubbio, che segnava punto per punto e tappa per tappa tutto l'itinerario da lì fino alle rive dell'Oceano.

«È il tracciato di un'antica strada romana,» disse «la più sicura per chi viaggia verso occidente, e la più bella anche.»

«E a voi chi dice che andiamo a occidente?» chiesi di rimando.

«Be', non saprei, ma ho visto che fino ad ora quella è la direzione. Se poi consideriamo che andare a sud più avanti significa dirigersi verso le terre dei mori, allora la deduzione diventa abbastanza logica.»

«Non si può mai dire con il mio padrone» risposi tanto per non dare nulla per scontato.

«A ogni buon conto, penso che vi possa essere utile. L'ho ricopiata da una bellissima miniatura nel convento del Beato di Liebana. Addio, che il Signore vi protegga.»

«E protegga voi, don Francisco.»

Pernottammo in un monastero dei benedettini noto al nostro pievano che in quell'occasione tornò a mostrarsi uomo di Chiesa quale avrebbe dovuto essere. Sennonché, essendo il giorno successivo una domenica non chiese di celebrare la messa e nemmeno vi assistette come facemmo invece io e il cavaliere di Roquebrune nella cappella del monastero. Quando uscimmo il cielo era pieno del suono delle campane della cattedrale e la luce cristallina del mattino rendeva trasparenti le nubi leggere e rade che lo attraversavano. Don Felipe aveva già sellato ambedue i cavalli. Non mi restò che mettere il basto al mio mulo e ci incamminammo di nuovo.

Alla prima sosta mostrai la mappa al mio padrone, che l'ammirò moltissimo asserendo di non averne mai viste di eguali. C'erano persino segnate le distanze in leghe fra una località e quella successiva. Ormai non pensavo più al carico che stavamo trasportando verso una meta a me egualmente ignota ritenendo che, quando fossimo giunti a destinazione e una volta compiuta la nostra missione, il mio padrone mi avrebbe rivelato ogni cosa. Quello stesso giorno di domenica, 23 di marzo, dopo il calar della notte e dopo un pasto frugale assistetti a un altro evento assai sorprendente. Essendomi svegliato per andare a orinare vidi un'ombra scivolare fuori dalla porta che mi parve quella di don Felipe Montego Ruiz. Lo seguii, benché la mia urgenza fisica mi volesse altrove, e quale fu la mia meraviglia quando lo vidi scendere nella cappella del monastero, accostarsi all'altare, baciare la pietra sacra con grande devozione e incominciare a celebrare la messa.

Che cos'era mai quel gesto? Era allora davvero un sacerdote? Ma se così stavano le cose, come si spiegava la sua straordinaria perizia nel maneggio delle armi e nella tecnica di combattimento a cavallo? Come si spiegava il possesso di un cavallo del genere, un animale di grandissimo valore che solo un nobile e un cavaliere avrebbe potuto permettersi, se non per mezzo di un furto? Furto che, peraltro, molto contrastava con la compunzione e devozione profonda con cui stava celebrando la santa messa. Alla fine l'urgenza che mi aveva fatto alzare dal letto fu più forte della mia curiosità e mi recai alla latrina. Quando ne uscii la cappella era deserta e il raggio della luna che entrava da una finestrella illuminava appena il volto di una statua della Vergine che stringeva al petto il Divino Fanciullo.

Non dissi nulla al mio padrone l'indomani perché ero certo che avrebbe spiegato tutto con la descrizione che fin dall'origine don Felipe aveva dato di se stesso e che a me pareva tuttavia poco verosimile.

Procedemmo così di nuovo verso occidente in direzione di León attraversando un territorio coltivato a ulivi e alberi da frutta cui s'intercalavano campi di grano. Le pianticelle erano da poco spuntate per effetto delle piogge primaverili e ammantavano di un verde tenero le ondulazioni di quel terreno rugginoso. Tutto sembrava calmo e io mi acconciavo ormai a pensare che il nostro viaggio si sarebbe concluso senza più altri inconvenienti, ma subito mi ricredetti quando, fermatici a un'osteria per rifocillarci, notai senz'ombra di dubbio che due personaggi colà seduti si erano scambiati un inequivocabile cenno d'intesa come per dire "sono loro". Eppure sia il mio padrone sia don Felipe erano coperti da un mantello scuro che celava le armi, sicché si sarebbero potuti credere comunissimi viaggiatori o mercanti diretti nelle Asturie a comprare cavalli.

Mi accostai al padrone e dissi: «Siete già stato di recente in questo luogo, *mon Seigneur*?».

«No» mi rispose. «Perché me lo chiedi?»

«Perché quei due laggiù vi hanno riconosciuto.»

«In fede mia ti giuro che non ho mai visto questo luogo prima d'ora. Sei troppo sospettoso. Mi sembra trattarsi di due umili contadini che non nuocerebbero ad alcuno. Ordina qualcosa da mangiare, piuttosto, ché la strada che ci attende è ancora piuttosto lunga.»

Riprendemmo non molto dopo il nostro cammino, ma a me non sfuggirono altri movimenti strani dei due personaggi e il fischio che uno di essi lanciò quando ci vide svoltare in fondo al sentiero che s'inoltrava nella campagna. Avanzammo per tutto il giorno fermandoci solo un poco all'ombra di un leccio per consumare un pasto frugale, ma mentre i miei due cavalieri si erano appisolati nella calura della precoce primavera non mancai di notare strani movimenti sul profilo delle colline alla nostra sinistra.

Un senso di insicurezza m'invase, accentuato ancora di più dall'inquietudine del mio Arrabal che raspava il terreno con lo zoccolo e sbandierava la coda con un ritmo sempre più concitato. Così svegliai il mio padrone che invece di ringraziarmi mi rimproverò: «Non lo sai che la città di León è il punto d'incontro per tutti i cavalieri che hanno deciso di accorrere sotto le bandiere di re Alfonso per combattere gli infedeli? È normale vedere movimenti di armigeri lungo questa direttrice di marcia».

«Ma se così stanno le cose, *mon Seigneur,*» obiettai «perché stanno lontani sulle colline in posizione quasi nascosta invece di percorrere la strada come facciamo noi? Io vi propongo di muoverci alla svelta. Fra non molto potremo addentrarci nei vasti boschi di lecci che si estendono davanti a noi dove sarà più facile far perdere le nostre tracce.»

Diedero retta alle mie insistenze, alla fine, e riprendemmo il nostro cammino anche perché erano apparsi altri uomini a cavallo in lontananza, alla nostra sinistra. Ci seguivano, secondo me; anzi, ne ero quasi certo.

Jean de Roquebrune decise a un certo momento di dimostrare che avevo del tutto torto e diede di sprone. Se i sopravvenuti seguivano noi, avrebbero aumentato l'andatura. Se non l'avessero fatto, si trattava evidentemente di valorosi e onesti cavalieri e fanti che accorrevano cantando inni e salmi sotto le bandiere di re Alfonso a León. Detto e fatto. Come ci lanciammo al galoppo – io pure, in proporzione alle modeste capacità del mio mulo – vedemmo che anch'essi lo facevano e, anzi, prendevano a convergere verso di noi per tagliarci la strada.

«Correte, *mon Seigneur*!» gridai. «Non badate a me! Portate a termine la vostra missione!» Mi rendevo conto infatti che la velocità degli inseguitori era di gran lunga superiore a quella del mio mulo. Roquebrune e don Felipe erano già entrati nel bosco e gli inseguitori mi erano ormai alle calcagna quando un'ispirazione mi giunse dal cielo. Appena entrato nel bosco mi afferrai al ramo di un leccio frondoso che si protendeva di lato quasi a sbarrare il passo e mi issai di sopra lasciando andare avanti il mulo che proseguì nella sua corsa. Gli inseguitori mi passarono sotto di gran carriera mentre io mi arrampicavo più in fretta che potevo addentrandomi nella chioma sempre più fitta del leccio. Restai acquattato come un allocco in cima alla pianta, tendendo l'orecchio e pensando fra me e me che cosa stesse succedendo in quel bosco.

Il mio padrone non era uomo da darsi alla fuga e temevo che si lasciasse prendere dalla sua natura focosa e decidesse di fronteggiare l'oste soverchiante perdendo sicuramente la vita e il prezioso carico che gli era stato affidato. Mi chiedevo anche se quel carico valesse i pericoli e le peripezie che avevamo dovuto affrontare fino allora, gli assalti e le imboscate sia di mori che di buoni cristiani quali dovevano essere i nostri ultimi inseguitori, ma era un interrogativo destinato per il momento a rimanere senza risposta.

Passò parecchio tempo, non saprei dire quanto, molte ore di sicuro, visto che la luce del sole cominciava a scemare. Poi sentii il crepitio di foglie secche calpestate e un tintinnare di armi e vidi un folto gruppo di armati a cavallo passare sotto il mio scomodo rifugio. Li osservai a uno a uno cercando un volto o uno sguardo che mi fossero noti ma senza esito, finché sussultai alla vista di don Felipe Montego Ruiz, il nostro ecclesiastico ammazzasette che procedeva fra due scherani, le mani legate al pomolo dell'arcione, prigioniero!

Li lasciai transitare tutti e attesi che si fossero allontanati a sufficienza, quindi scivolai a terra mettendomi sulle loro tracce. A un tratto mi fermai con il cuore in tumulto perché alle mie spalle giungeva un rumore di zoccoli. Ero stato troppo precipitoso! Ora mi trovavo fra due fuochi. Cercai frettolosamente un nascondiglio dietro una macchia di ginepro e attesi trattenendo il fiato... Arrabal! Il mio valoroso animale non si era dimenticato di me e, finita la buriana, si era messo a cercarmi. Lo presi per le briglie e me lo trascinai dietro finché non fui giunto al limitare del bosco. Raccolsi a un certo punto da terra un nodoso randello che in qualche modo mi faceva sentire più sicuro e procedetti cercando di vincere la paura e lo sgomento che a ogni passo s'impadronivano di me. I nostri nemici si erano accampati e avevano acceso il fuoco per cucinare la loro cena o per riscaldarsi, visto che le notti da quelle parti erano ancora abbastanza fresche.

Assistetti a scene che i miei occhi non avrebbero voluto vedere: don Felipe picchiato e torturato perché rivelasse dove si trovava Roquebrune, e dove era diretto e a chi doveva consegnare il suo carico. Don Felipe non emise un gemito né disse una parola e in quelle ore interminabili dovetti ricredermi sul suo conto e fare ammenda dentro di me dei cattivi pensieri che avevo nutrito su di lui. Decisi, anzi, che mi sarei fatto coraggio e avrei fatto tutto quanto era in mio potere per liberarlo.

Attesi dunque che calassero le tenebre, legai a una certa distanza il mio mulo, strinsi sotto il mantello il bastone, mi coprii il capo con il cappuccio impugnando con la mano libera un bordone da viandante e mi avvicinai alla sentinella. Dovevano essere molto sicuri di sé perché tutto il territorio d'intorno era aperto e deserto e perché il loro numero – ne avevo contati almeno una trentina – doveva farli sentire al riparo da ogni minaccia.

Al mio approssimarsi quel gaglioffo non si scompose nemmeno.

«Sono un pellegrino» dissi «in viaggio per pregare sulle reliquie dei santi Vitale e Agricola nella chiesa di Najera, e chiedo di potermi sdraiare qui vicino per la notte. Le strade sono poco sicure e benché non abbia con me nulla di prezioso...»

«Levati di torno e mettiti a cuccia dove vuoi, basta che te ne stai alla larga» rispose con mala grazia quel tagliagole in catalano, e io feci per allontanarmi. Poi, girandomi come per rivolgergli un'altra invocazione, gli assestai una randellata in testa prima che avesse il tempo di dire "amen". Piantai in terra il mio bordone e vi appesi il suo mantello e il suo cappello in modo che dal campo non notassero nulla e mi avvicinai furtivamente al palo cui era legato con nodi strettissimi il povero don Felipe, semisvenuto. Tagliai i lacci con il mio coltello da cucina e lo trascinai piano piano fino al bosco, dove lo issai sul basto di Arrabal.

Il mio angelo custode.

Fu lui di certo a guidarmi e a rendermi invisibile sotto il cielo illune. Camminammo in silenzio tutta la notte. Sul far dell'alba vidi un pastore che mungeva le pecore nel suo stabbio e riuscii a farmi dare un po' di latte con il quale rifocillai un poco il mio malconcio compagno di viaggio. Rinfrancato dal nutrimento e dalla consapevolezza della libertà ritrovata, mi raccontò ciò che era accaduto nel bosco.

Resisi conto di non poter sfuggire agli inseguitori, i due avevano deciso di dividersi e don Felipe aveva attirato dietro di sé la marmaglia, ma non era riuscito a distanziarli. Jean de Roquebrune doveva essersi salvato e l'appuntamento doveva essere due tappe prima di León, alla taverna delle Due Lune.

«Ma chi è quella gente?» chiesi.

«Mercenari catalani» rispose don Felipe. «Ma non ho idea di chi li abbia assoldati. So solo che cosa vogliono. E lo sai anche tu.»

«Non avete scoperto nient'altro?»
«Date le circostanze, non ho avuto modo di concedermi molte distrazioni. Ma quando mi hanno preso ho visto una cosa interessante. Uno di loro aveva un foglio di pergamena e c'era disegnato sopra un ritratto. Lo hanno osservato con attenzione e poi guardavano me.»
A quelle parole mi balenò in mente la strana apparizione del signor de La Fontaine e la sua ancora più bizzarra richiesta di ritrarre il mio padrone: «Ecco a cosa serviva il ritratto: a renderlo riconoscibile alla canaglia che qualcuno aveva sguinzagliato sulle sue tracce!».
«Diavolo di un pintorucolo! Giuda maledetto!» esclamò. Ci ha conquistati con le sue cibarie per poi tradirci a questo modo. Ma se riesco a mettergli le unghie addosso avrà a pentirsene, te lo assicuro.»
«Purtroppo, se abbiamo visto giusto, anche la mappa è una trappola. I nostri nemici possono contare sul fatto che il mio padrone seguirà, con ogni probabilità, l'itinerario su di essa tracciato. Basterà loro preparare un secondo agguato prima del castello della Salud e cadrà facilmente nelle loro mani.»
«È vero» rispose don Felipe. «Dobbiamo assolutamente raggiungerlo prima di quel punto e metterlo sull'avviso.»
«E come? In due sul mio mulo? La nostra è la velocità di una lumaca.»
«Non disperare, mio buon scudiero. Il mio cavallo è libero e sono sicuro che mi ritroverà. Ha un fiuto migliore di un segugio.»
Parole profetiche. In capo a mezzogiorno il cavallo di don Felipe riapparve come per miracolo in cima a una collina e si precipitò giù lungo il pendio incontro al suo padrone. Fu una vera e propria festa. I due sembravano una coppia di vecchi amici che si incontrano do-

po una lunga e dura separazione. Mettemmo i nostri animali al trotto e se a volte don Felipe mi distaccava con una galoppata, la grande resistenza di Arrabal recuperava alla distanza lo svantaggio ristabilendo il contatto con il condottiero. A un certo punto, quando la strada piegò a sud in direzione di Valladolid, prendemmo a ovest attraverso i campi per sentieri solitari e vasti pascoli percorsi solo da greggi di pecore con i loro pastori. Giungemmo così a un ostello che distava forse due giornate di cammino da León e chiamavano la Stazione delle Mule, nome che avrebbe fatto felice il mio Arrabal se ne avesse avuta la contezza. Lì aspettammo, pazienti, di veder comparire il mio padrone.

Inutilmente.

Oramai era il tramonto e non aveva più senso rimetterci in viaggio, così ci accomodammo alla meglio sotto il portico che cingeva la corte a guisa d'un chiostro e cademmo entrambi in un sonno profondo.

Sognai, forse per la prima volta durante tutto quel viaggio. Sognai una lunga teoria di persone, gente umile e nobili cavalieri, chierici e laici, studenti e contadini che avanzavano sulla nostra stessa via verso una meta che ignoravo. Si appoggiavano a un bastone e avevano vestiti di ogni foggia possibile, molti dei quali non avrei nemmeno potuto immaginare. E lungo il cammino vedevo chiese e campanili, monasteri e cattedrali splendenti sotto il sole, luccicanti sotto la pioggia. A volte cercavo di fermare qualcuno e gli chiedevo: «Dove andate?». Ma molti di loro mi rispondevano in una lingua incomprensibile. Tuttavia quella visione mi dava un senso di pace e di serenità che non provavo da molto tempo. In qualche modo mi rendevo conto di sognare e proprio per questo non avrei voluto svegliarmi per nessuna ragione al mondo. E invece...

Fui svegliato nel cuore della notte da una brusca scossa e balzai a sedere di scatto: «Chi è? Che c'è? Che succede?».

«Sst!» mi zittì un suono famigliare. Il sire di Roquebrune!

Ringraziai tutti i santi del cielo in cuor mio per avermelo restituito: «*Mon Seigneur!*» dissi, trattenendomi a stento dal gridare.

«Presto, andiamocene. Vi ho visti entrare al calar del sole ma sono rimasto nascosto finché non sono stato sicuro che non foste seguiti.»

Portammo fuori le nostre bestie, le sellammo in silenzio, al buio, e partimmo.

Due sere dopo passammo a una certa distanza da León. Le torri e le mura della città erano adorne di vessilli che garrivano al vento del Nord che ci portava attutiti dalla distanza gli squilli delle trombe di guerra. Molti cavalieri erano di sicuro accorsi sotto le bandiere di re Alfonso e altri se ne vedevano arrivare. Il contrattacco alle forze dei mori era in corso.

«E io non ci sarò» disse tristemente il mio padrone.

«Non vi mancherà l'occasione in futuro» gli rispose don Felipe Montego. «Questa missione è forse più oscura di un combattimento in campo aperto ma non è detto che sia meno gloriosa.»

Don Felipe gli raccontò del ritratto e io gli feci notare che forse anche la mappa che ci aveva dato il signor de La Fontaine poteva essere come la tela del ragno per la mosca e che dunque era opportuno tenersene a una qualche distanza. Cosa che facemmo finché non giungemmo a un passaggio obbligato: il ponte sul fiume Orbigo, magnifica opera costruita dagli antichi Romani per il passaggio delle loro possenti legioni.

Ebbi, per fortuna, un'idea che non esito a definire brillante. Essendomi spinto avanti a piedi in avanscoperta, notai subito movimenti sospetti e alcuni ceffi patibolari che andavano su e giù a cavallo e a piedi lungo le spallette del ponte e nei pressi della sua imboccatura. Allora noleggiai un carro in un vicino stallatico, vi attaccai il mulo e lo portai indietro fino a incontrare i miei compagni di viaggio. Aggiogai quindi i due cavalli a quello stesso carro, legai dietro Arrabal e feci sedere i due cavalieri a cassetta camuffando l'uno con la coperta del mio mulo tutta buchi e macchie, l'altro con il mio logoro mantello da viaggio. Un carico di fieno sotto il quale mi celai io stesso completò la mia opera e la piccola carovana passò indenne il ponte costruito dagli antichi Romani giungendo due giorni dopo sotto le mura imponenti di Astorga.

Quella mossa dovette aver confuso i nostri inseguitori perché da allora in poi non ne trovammo più traccia. E visto che lo stratagemma aveva funzionato convinsi il sire di Roquebrune e don Felipe Montego a mantenere la mascherata anche in seguito. Così per parecchi giorni andammo, lenti ma sicuri: un nobilissimo cavaliere e un pio quanto valoroso ecclesiastico travestiti da gaglioffi; io, comodamente steso sul fieno a guardare il cielo e le nuvole passare sopra di me, trascolorare al tramonto, tingersi di luce all'alba. Mi nascondevo all'inizio, di quando in quando, se passava qualche personaggio sospetto, ma poi non me ne diedi più pena e tenni invece gli occhi aperti a osservare la bellezza struggente di quella terra stupenda.

Andava tutto a meraviglia e talvolta all'imbrunire, attorno al bivacco, il mio padrone declamava poesie d'amore per la sua bella che lo attendeva lontano sospirando ogni sera dal suo verone tanto l'atmosfera si era fatta serena e tranquilla. Eppure ci attendeva ancora la prova più ardua.

Passammo un alto valico immerso nella nebbia o forse in una nube entrando in Galizia e riprendemmo il cammino attraversando piccoli villaggi di montagna con casupole di sasso e tetti di lastre d'ardesia. Erano villaggi molto miseri abitati da pastori mezzo selvatici che ci guardavano con sospetto e ogni tanto gridavano qualcosa di incomprensibile nel loro rozzo dialetto. Superato l'ostacolo montano, il sire di Roquebrune decise di riprendere il suo aspetto di cavaliere e io non potei certo biasimarlo. Per lui tutto sommato doveva essere stata una sofferenza celare le sue armi gloriose, vedere il suo superbo stallone, uso a caricare le schiere nemiche in battaglia, trainare un carro di fieno come un volgare ronzino. E anche io, quando vidi lampeggiare la sua armatura nel sole di primavera, tirai un sospiro di sollievo. Restava ancora un ultimo passaggio importante e obbligato: il ponte sul rio Minho, e io cominciavo a chiedermi se non fosse ora che ci svelasse la nostra ultima destinazione, a meno che non volesse immergersi con il suo prezioso carico nelle acque stesse dell'Oceano.

Avevamo ripreso a seguire l'itinerario segnato dal signor de La Fontaine sia perché in quel punto non c'era alternativa, essendo il passaggio stretto nella confluenza fra il rio Loio e il rio Minho, sia perché non c'era ormai più da tempo nessun segnale che potesse insospettirci. Dormimmo in un cimitero in cima a una collina per essere completamente al riparo da sorprese e io procurai del cibo scendendo al villaggio che si stendeva sotto di noi. Una ben strana cena, la nostra, seduti in terra fra vecchie tombe corrose dal tempo e dalle intemperie attorno a un modesto bivacco. Forse quella luce tremolante fra le mura del cimitero avrebbe sparso un reverenziale timore fra gli abitanti del villaggio che si sarebbero ben rintanati nei loro tuguri a recitare dei Requiem.

L'indomani ci mettemmo in viaggio verso il ponte, ma quando fummo a meno di una decina di leghe il terreno a sinistra cominciò a tremare come se fosse scosso dal terremoto. Udimmo nitriti e rumore di zoccoli, e poi vedemmo un polverone in cui ben presto cominciarono a distinguersi cavalli e cavalieri. Mori!

«Così lontano dal loro regno, ma come è possibile!» gridò Jean de Roquebrune. «Ebbene, sia, se così deve essere. Vendiamo cara la pelle!» E si apprestò a caricare.

Ma don Felipe lo trattenne afferrandolo per un braccio: «No!» esclamò. «Avete giurato, non è così? E vorreste morire in peccato mortale avendo mancato fede a un sacro giuramento? Avete giurato di condurre a termine questa missione e così deve essere!»

«Ma non è più possibile, non vedete?»

«E invece sì, venite, il fiume!»

E si lanciarono a galoppo sfrenato verso destra, mentre già i cavalieri mori con un'ampia manovra aggirante precludevano l'accesso al ponte. Capii l'intenzione dei miei cavalieri e, benché tremassi verga a verga al solo pensare ciò che mi attendeva, spronai a tutta forza il mulo. Il mio padrone e don Felipe Montego erano già sull'argine e si lanciavano nel vuoto con un balzo incredibile delle loro cavalcature. Poco dopo, compatibilmente con la velocità assai più ridotta del mio mulo e con una freccia nemica conficcata nel basto, anch'io tentai il balzo. Ma all'ultimo momento, come vide l'abisso spalancarsi sotto di lui, Arrabal puntò i piedi e si bloccò come una statua catapultandomi di sotto nel turbinare dei gorghi.

Sono un mediocre nuotatore.

E ci volle del bello e del buono perché potessi riemergere sputando acqua limacciosa, dibattendomi disperatamente per respirare e cercando al tempo stesso di raggiungere la riva opposta. Il mio padrone era non lontano da me e tentava di aggrapparsi alla sella di Ironda, ma mentre annaspava afferrò per sbaglio l'involucro con il nostro prezioso carico che si sfilò dai suoi lacci e se ne andò per la corrente. A quella vista don Felipe Montego, che già stava avvicinandosi alla sponda opposta, lasciò che il suo cavallo si arrampicasse su per la riva e si lanciò a grandi bracciate verso il centro della corrente. Nuotava come un pesce, con una velocità e una potenza incredibili. In un amen recuperò il fardello prima che affondasse appesantito dall'acqua e guadagnò la sponda che aveva da poco lasciata. Subito dopo di lui Jean de Roquebrune condusse a riva Ironda. Il povero animale, spaventato a morte e con gli occhi quasi fuori delle orbite, scivolò più volte nella melma ma alla fine trovò un po' di ghiaia e riuscì a issarsi fuori dall'acqua. Buon ultimo, arrancai io stesso a salvamento aggrappandomi alle radici di un grosso tronco di pioppo mezzo divelto dalla corrente. Ci guardammo increduli e subito cercammo di trovare un nascondiglio perché i mori stavano attraversando il ponte per discendere il fiume.

Nello stesso istante uno squillare di trombe, un fragore di zoccoli e armi risuonò alle nostre spalle e uno stuolo non meno numeroso di cavalieri cristiani si lanciò a difendere l'accesso del ponte e a ricacciare gli invasori. Roquebrune si sentì ribollire il sangue a quella vista e avrebbe voluto lanciarsi nella mischia in cerca di gloria ma, memore del suo giuramento, assicurò alla sella il suo prezioso involto e riprese con noi il cammino.

Raggiungemmo la nostra meta sei giorni dopo: una piccola città non lontana dall'estremo confine dell'Oceano, chiamata Compostela.

«E questa sarebbe la nostra meta tanto agognata?» chiesi. «Ma è un luogo insignificante.»

«Non è vero» rispose Roquebrune. «Difesa dai fiumi e dalle montagne, con alle spalle l'Oceano, questo luogo sarà il sacrario della più preziosa reliquia della cristianità dopo il Santo Sepolcro.»

«Una reliquia? Abbiamo rischiato tante volte la pelle per trasportare fin qua una reliquia?» chiesi allibito.

Roquebrune sorrise: «Sì. È ciò che mi chiese e mi fece giurare il santo cavaliere templare Antonius Bloch, che l'aveva portata dalla Terrasanta. E ora cerchiamo la cattedrale. Devo consegnarla nelle mani del vescovo de Ururoa».

Un passante ci indicò la via che conduceva al sacro tempio e mentre ci avvicinavamo sentimmo prima un effluvio d'incenso e poi un coro di voci celestiali provenire dal fondo della via. Seguimmo quelle tracce divine e ci trovammo in breve davanti alla porta della cattedrale. Avanzammo fra due ali di fedeli e nubi di incenso e tutti si voltavano al nostro passaggio. Il sire di Roquebrune reggeva fra le braccia il suo involto come se tenesse la statua del Bambino Gesù il giorno di Natale e al suo incedere tintinnavano gli speroni sull'impiantito di marmo, la spada contro i gambali di ferro. Dietro di lui veniva don Felipe, con il suo cipiglio aggrondato, il colorito pallido e le occhiaie scure, temibile guerriero e fervente asceta. Buon ultimo io, rattristato per la perdita del mio mulo. Coperti di fango secco, con i capelli sporchi e aggrovigliati, eravamo orrendi a vedersi e tutti si voltavano al nostro passaggio accogliendoci con un forte e crescente brusio. Davanti a noi ora c'era il vescovo, rilucente nel piviale dorato, e al suo fianco un cavaliere dalla statura imponente, un uomo gigantesco avvolto in un mantello bianco, crociato di rosso. Avrebbe anche potuto essere...

Antonius Bloch.

Si voltò lentamente, mostrando il volto austero e scavato, e subito dopo di lui si voltò il vescovo, levando la mano a benedire la folla. Il sire di Roquebrune restò a prima vista allibito ma si controllò. Si inginocchiò e porse il suo involto: una specie di astuccio di cuoio legato con cinghie.

«Ho compiuto la mia missione, cavaliere, monsignor vescovo, e con l'aiuto di questi miei prodi amici, a prezzo di sangue e di duri sacrifici vi ho portato le reliquie di...»

Il discorso del mio signore fu interrotto dal vescovo stesso: «Ma, figlio mio, le reliquie sono già arrivate, le reliquie del cugino del Signore Gesù, l'apostolo san Jacopo, che riposeranno per sempre qui a Compostela, baluardo della fede cristiana e punto di riscossa delle forze cristiane contro i mori. Qui si arroccherà l'ultima difesa se fosse necessario, da qui partirà la riconquista delle nostre terre quando verrà il momento».

Il mio padrone restò senza parole e rivolto a Bloch balbettò: «Ma mi avevi detto che...».

«Lo so. E me ne dispiace. Ma non avevo scelta. Sapevo di essere seguito e spiato da forze nemiche, e non solo pagane. Dovevo distrarne l'attenzione: mentre le vere reliquie viaggiavano via mare, io dovevo attirare prima su di me e poi su di voi la caccia a questo sacro tesoro. Perfino Francisco de La Fontaine è stato un mio strumento allo scopo di rendere il più possibile realistica questa vostra impresa digressiva. Nella custodia che ti ho consegnato ci sono le ossa di un mio confratello morto durante il viaggio, che finalmente potrà riposare in pace. Le ossa di san Jacopo sono già nella teca d'argento che vedete sull'altare e lì riposeranno in eterno sotto le volte di questo tempio. Perciò ti ho dato l'assistenza di un altro mio confratello,» disse indicando colui che io credevo don Felipe Montego «Guy Blas, cavaliere templare e mio sodale in armi e in preghiera.»

Don Felipe un templare! Avrei dovuto immaginarlo! Come avrebbe potuto un parroco di campagna maneggiare la spada, cavalcare, nuotare e correre a quel modo? E il cinghiale sotto la quercia non era forse lo stemma dei Blas?

Restai senza parole e, mentre il vescovo insigniva i due cavalieri del sacro ordine di Difensori della Fede, le lacrime mi scendevano copiose dagli occhi.

Mi riscosse la voce di Antonius Bloch: «E ora inginocchiati, figlio mio, perché ti sei meritato anche tu un grande onore: lascia che appoggi la spada sulla tua spalla per consacrarti cavaliere... Il cavaliere... Come ti chiami, figliolo?».

Già, mi accorgo ora che, giunto alla fine di questo mio umile commentario, non ho ancora detto il mio nome.

«Bertrand» risposi. «Bertrand de Ventadors è il mio nome. Sono un trovatore e mi ero messo al servizio del sire di Roquebrune per trovare ispirazione per i miei poemi. Ecco, signore, io credo di averla trovata.»

L'ispirazione.

Regina viarum

«Il Senato gli ha conferito il *cognomen ex virtute*. Come suo fratello maggiore può fregiarsi del titolo di "Africano" così lui ora si chiamerà "Asiatico". Ti rendi conto? Questa famiglia da sola pesa come il resto dei senatori messi assieme. Capisci che cosa intendo dire?»

Quinto Rulliano esitò un momento. L'eminente personaggio che lo aveva convocato gli mostrava le spalle e stava nascosto nel cono d'ombra proiettato da una colonna del piccolo santuario di Diana a poca distanza da Lanuvio. Inoltre, parlava rivolto verso una nicchia del muro, sicché la sua voce veniva stranamente distorta tanto da risultare irriconoscibile.

«In questa situazione rappresentano un pericolo per lo Stato, sei d'accordo?» incalzò il misterioso personaggio.

Rulliano esitò ancora, stupito dalla stranezza della situazione, dal fatto di essere investito da una simile perorazione da parte di un uomo che non gli mostrava nemmeno il volto.

«Non sei forse d'accordo?» insistette l'uomo.

«Oh, sì, certo» rispose infine Rulliano, come riscosso da una specie di stordimento.

L'uomo che aveva davanti stava in piedi coperto solo da una modesta tunica e il suo corpo, disegnato nei contorni dal riverbero delle lucerne, risaltava in tutta la sua allampanata magrezza. Riprese il suo discorso: «E dunque bisogna agire. Gli Scipioni sono accesi ammiratori di qualunque cosa venga dalla Grecia. Tengono in casa quel Polibio, quel Greco, per scrivere la storia di Roma come se noi non ne fossimo capaci e pazienza, ma hanno fatto venire medici greci che ne hanno chiamati altri, e altri ancora stanno per giungere. La gente si fa curare soltanto da loro e così quelli avranno agio di avvelenarci tutti, un po' per volta. Li abbiamo vinti in guerra e loro ci vinceranno assassinandoci comodamente nelle nostre case. E i loro costumi? Non voglio nemmeno pensarci: per loro la pederastia è una forma di educazione dei fanciulli, ti rendi conto? E i nostri concittadini affidano i loro figli a questi filosofastri che si atteggiano a grandi sapienti e intanto si fanno pagare cifre esorbitanti...».

Rulliano, sempre più a disagio in quella situazione, coinvolto in un discorso politico quando pensava di essere stato convocato per un'azione di tipo militare, cercò di abbozzare un commento: «Non hai torto, amico. Io stesso mi preoccupo del fatto che...».

«E le donne? Guarda l'influenza che hanno avuto questi Greci sui comportamenti delle nostre donne. Ora si imbellettano il viso come prostitute. Bevono, e nemmeno di nascosto come facevano le nostre madri e le nostre nonne. E quando il Senato ha cercato di mettere un argine a questo decadimento dei costumi delle matrone ha dovuto rimangiarsi le proprie stesse delibere. E sai di chi è la colpa di questo disastro?»

«Dei maledetti Greci» rispose Rulliano.

«No! Loro fanno il loro mestiere. È naturale. La colpa è degli Scipioni. E ora che hanno vinto un'altra guerra e hanno celebrato un secondo grandioso trionfo nessuno li fermerà più. Le loro clientele si moltiplicano ogni giorno. I giovani vanno loro dietro perché li considerano innovatori della società e si fanno beffe di chi cerca di conservare i costumi dei padri, i valori che hanno fatto grande la Repubblica.»

Rulliano pensò quasi di essere finito in quel luogo per un bizzarro equivoco e volle andare al sodo per non perdere altro tempo: «Sai che la penso esattamente come te, amico, e non hai quindi bisogno di convincermi con le tue accese parole. Sono certo che mi hai fatto chiamare per altri motivi».

L'uomo trasse allora un lungo respiro, avanzò di un passo in direzione della nicchia e alzò la testa verso il soffitto proiettando sulla parete di fronte l'ombra di un forte profilo aquilino. Poi sembrò abbassare lo sguardo a terra e in tono più sommesso disse: «Conosci le condizioni del trattato di pace?».

Rulliano pensò nuovamente di essere nel luogo sbagliato e cominciò a preoccuparsi: «Di quale trattato di pace stai parlando?» chiese.

«Di quello siglato da Scipione il piccolo con Antioco di Siria.»

«No. Temo di no, amico.»

«Non importa. Ciò che a noi interessa è la prima rata.»

«Di che?»

«Dei danni di guerra. Antioco ha accettato di pagare: diecimila talenti di risarcimenti. La prima rata è di mille.»

«Una bella somma» disse prontamente Rulliano, ricredendosi su quanto aveva pensato fino a quel momento.

«Non v'è dubbio. E tu devi impadronirtene.»

Gli occhi di Rulliano s'illuminarono al pensiero di mettere le mani su una simile somma di denaro, ma l'uomo che aveva davanti gli rispose come se lo stesse fissando in volto anziché voltargli le spalle.

«Non credo che tu abbia capito» lo gelò. «Non è né per te, né per me, né per nessun altro. Non siamo dei ladri.»

«No di certo» confermò Rulliano ricomponendo i lineamenti deformati dall'avidità.

«Lo scopo è un altro, ma per ora non te lo posso rivelare.»

«Non m'importa. Comandami ed eseguirò fedelmente i tuoi ordini.»

«Intendiamoci, non lo fai per nulla. A missione compiuta avrai una piccola percentuale dell'intero bottino, sufficiente per fare di te un uomo facoltoso, se non ricco. E ora stammi bene a sentire: mentre stiamo parlando una delle nostre più possenti navi da guerra, la *Fulgur,* attraversa il canale ionico in direzione di Brindisi con a bordo i mille talenti della prima rata dei danni di guerra. Ufficialmente si tratta di lingotti di piombo. A Brindisi si sta preparando il convoglio che dovrà trasportare quella immensa fortuna in monete d'argento fino a Roma lungo la via Appia, scortato da duecento legionari della Settima legione guidati da un tribuno militare, tale Elio Prisco, uno dei più fedeli guardaspalle di Scipione.»

«Quale dei due?» chiese Rulliano. «L'Africano o l'Asiatico?»

«Quello vero» rispose l'uomo con un tono sarcastico nella voce. «Comunque non dovrebbe essere un problema. A quanto gli consta, sta trasportando lingotti di piombo.»

«Duecento uomini sono parecchi» osservò Rulliano. «E mi chiedo quanti carri saranno necessari per trasportare mille talenti d'argento. Non meno di una decina. Come pensi che si possano far sparire dieci carri e convincere duecento veterani della Settima legione a levarsi di torno?»

«Non chiedermelo» rispose asciutto lo strano personaggio. «Sono fatti tuoi. Anzi, da questo momento io non ne so più nulla, non ti ho mai parlato, né tu mi hai incontrato in questa casa. Mi avvertirai quando tutto sarà terminato tramite la persona che ti ha procurato questo appuntamento. Se avessi avuto idea di come fare mi sarei arrangiato da solo, non credi?»

Rulliano si rese conto di aver detto una ingenuità: «Sì, certo» rispose prontamente. «È ovvio. Me la caverò da solo. Ma ho bisogno di una totale libertà d'azione.»

L'uomo scosse il capo: «Io non posso darti né dirti nulla. O accetti o rinunci. Ma se accetti da questo momento io non so più niente di te, non ti voglio incontrare né parlare. Immagino ti renda conto del perché».

«Oh, sì, certo» disse Rulliano. «Non occorre che ti dilunghi oltre. D'altra parte non so il tuo nome e non ti ho visto in faccia, segno evidente della segretezza di questo accordo, non credi?»

«La prudenza non è mai troppa» rispose asciutto l'uomo.

«Già» confermò Rulliano. «Allora, se non c'è altro...»

«Due cose soltanto» disse ancora l'uomo. «Primo, non voglio stragi. La violenza deve essere ridotta al minimo indispensabile. Secondo, non farti venire strane idee in testa. Ci sarà sempre qualcuno che ti sorveglia, senza che tu lo sappia, e se dovessi farti prendere da certe tentazioni la tua vita non varrebbe un asse. Non so se mi sono spiegato.»

«Benissimo» rispose Rulliano.
«Allora stammi bene.»
Rulliano uscì dal piccolo santuario, balzò in groppa al suo cavallo e sparì al galoppo nel lieve chiarore della luna.

La *Fulgur* era una delle più belle unità che fossero mai uscite dai cantieri di Taranto per conto della Repubblica. Robusta e veloce, armata di un rostro da mille libbre e spinta da duecentocinquanta rematori, solcava le acque come una vera regina dei mari e in battaglia era assai temibile. Questa volta, però, la sua missione era del tutto speciale, anzi, inusuale: niente scontri, niente combattimenti. Partita da Soli in Siria senza mai fare scalo, doveva soltanto scaricare a Brindisi dieci casse sigillate contenenti lingotti di piombo. Entrò in porto subito dopo il tramonto e, mentre l'equipaggio ammainava le vele e gettava le cime per l'attracco, il comandante, un veterano della seconda guerra punica, saltò a terra e si diresse verso il posto di guardia in fondo alla darsena lasciando al suo secondo la responsabilità della nave.

Gli si fece incontro un ufficiale sulla quarantina e gli porse la mano: «Bene arrivato, sono Elio Prisco, tribuno della Settima. Com'è andato il viaggio?».
«Benissimo» rispose il comandante. «Vento a favore, mare calmo, una meraviglia. Fossero sempre così le traversate.»
«Il carico?» chiese il tribuno.
«A posto. Preferisci che scarichiamo ora o domani mattina?»
«Ora, senz'altro. Tanto non ci vorrà molto.»
«Come vuoi. Allora vado a dare gli ordini.»
«Ti ringrazio. Sarò lì con i miei uomini a prendere

la consegna prima che tu abbia terminato l'operazione.»

Il comandante salutò e tornò verso il molo cui era ancorata la *Fulgur*. Elio Prisco raggiunse un magazzino poco distante ed entrò. Un centurione scattò nel saluto militare e presentò i suoi uomini: duecento legionari in pieno assetto di guerra che si alzarono come un uomo solo presentando le armi. Erano veterani induriti ed esperti, si vedeva al primo sguardo; indossavano la corazza e l'elmo, ed erano già pronti con il bagaglio a spalla, con le razioni di cibo e la coperta da campo.

«La forza è pronta, tribuno. Sono il centurione primo pilo Aulo Sabino e ho il comando dell'intero reparto.»

Presentò l'ufficiale più giovane che comandava la seconda centuria: «E questi è il mio collega Vario Rufo, appena arrivato da Ancona. Siamo ai tuoi ordini».

«Molto bene, centurione. La nave sta scaricando. Procediamo immediatamente.»

Aulo Sabino diede un ordine e i legionari si misero in movimento per file di quattro, marciando davanti al tribuno e uscendo dalla porta del magazzino dietro ai due centurioni. In poco tempo andarono a schierarsi con i giavellotti in pugno lungo il molo e la fiancata della *Fulgur* da cui un paranco stava per calare le casse, già disposte in coperta l'una a fianco dell'altra. Il centurione secondo in comando si allontanò per qualche tempo e ricomparve con un gruppo di carri trainati da muli che andarono a disporsi in fila sotto la fiancata della nave. Il comandante fece un cenno al nostromo che mise in azione un paranco per agganciare le casse e calarle sui carri. Ogni carro ne poteva contenere due e così, quando il quinto fu carico, il convoglio fu pronto a mettersi in moto.

Il comandante della *Fulgur* si avvicinò a Elio Prisco tenendo in mano una tavola di legno su cui era fissato un foglio di pergamena e gli porse una penna già intinta nell'inchiostro: «La ricevuta, tribuno».

«Già, stavo per dimenticarmi» Prisco sorrise e firmò. «Tutto bene, ora?»

«Tutto bene» rispose il comandante. «Puoi partire. Buon viaggio e che gli dei ti assistano.»

«Ti ringrazio. E che gli dei ti ascoltino, ma in ogni caso ho l'assistenza di questi bravi ragazzi della Settima che mi fa stare tranquillo. Tu che fai, resti qui a Brindisi?»

«Solo questa notte» rispose il comandante. «Domani riparto per Napoli.»

Prisco, che stava per muoversi, si fermò: «Per Napoli? Ma allora... perché hai scaricato qui? Non ha senso».

«È molto semplice: devo scaricare altre cose a Reggio e poi riunire la nave al resto della flotta che attende all'ancora all'ombra del Vesuvio.»

«È giusto» rispose Prisco. «Ma posso farti una domanda?»

«Parla.»

«Chi ti ha dato l'ordine di scaricare qui a Brindisi?»

«Lo stesso, immagino, che ha dato a te l'ordine di venire fin qua a prendere in consegna le casse.»

«Il questore Asellio Cassio.»

«Proprio lui, e sono certo che avrà avuto le sue buone ragioni.»

«Di sicuro le avrà avute» assentì Prisco. «Allora stammi bene, comandante.»

«Stammi bene, tribuno.»

Si separarono. Il comandante risalì a bordo della *Fulgur* su cui già erano stati accesi i lumi a poppa e a prora. Prisco montò sul cavallo che gli aveva portato un attendente e diede l'ordine al convoglio di mettersi in movimento.

I conducenti sui carri fecero schioccare le fruste, i muli inarcarono la schiena e si misero al passo sul pavimento irregolare della strada. Sui fianchi sfilarono i soldati, marciando sciolti ma attenti e guardinghi. Prisco prese un vicolo secondario che seguiva la costa, attraversò dei sobborghi quasi deserti e fece un largo giro da sudest verso nord dove aveva intenzione di intercettare la via Appia all'uscita dalla città.

Il centurione Sabino gli si avvicinò: «Salve, tribuno, volevo dirti che abbiamo già predisposto per la sosta, un luogo sicuro e ben attrezzato in cui passare la notte. Voglio dirti anche che abbiamo ordine di mantenere misure di massima allerta. Non ti sembra strano?»

«Mi si dice che sono state segnalate bande di predoni lungo l'itinerario. Inoltre le casse sono sigillate. Potrebbero contenere importanti documenti, per esempio, o altri materiali riservati oltre al piombo. Se il questore ha dato questi ordini saprà certamente il perché» rispose Prisco. «Quello che posso dirti è che avevo disposizione di prendere in consegna il carico entro oggi e mi è stato chiesto di non rimanere fra la città e il porto. Passeremo la notte da queste parti e prima dell'alba ci rimetteremo in movimento.»

Sabino annuì e andò a raggiungere la testa della colonna cavalcando per qualche tempo accanto al collega. Procedettero finché non si fece scuro e proseguirono ancora per qualche tempo seguendo certe luci che erano apparse in mezzo alla campagna sulla loro sinistra: il luogo di sosta. Sabino imboccò un sentiero che lasciava la strada e si inoltrava fra i campi seguito dal convoglio e di lì a poco arrivarono in vista del luogo in cui avrebbero dovuto accamparsi: una fattoria cinta da un muretto di pietre con un pozzo, un forno e un'aia abbastanza grande da ospitare duecento persone.

I cuochi accesero il forno per cuocere il pane, e altri fuochi al centro dell'aia per cucinare la cena. I carri vennero raccolti nella parte più interna della fattoria, ma i muli non vennero sciolti perché in caso di necessità avrebbero dovuto essere in grado di rimettersi in viaggio immediatamente. E anche questa disposizione faceva parte degli ordini di servizio.

I due centurioni piazzarono una decina di sentinelle lungo il muretto e altre dieci a gruppi di due al di là della recinzione nella campagna. Poi si presentarono a fare rapporto a Elio Prisco.

«Tutto tranquillo, tribuno,» disse Aulo Sabino «e tutto in ordine. Domani prima dell'alba saremo pronti a muovere.»

«Benissimo» rispose Prisco. «Alla fine dell'ultimo turno di guardia fate distribuire la colazione agli uomini e poi subito in marcia. E ora, se volete condividere la cena con me, siete i benvenuti.»

I due centurioni accettarono rispettosamente con un cenno del capo e Prisco li fece entrare nell'edificio principale della fattoria dove il padrone di casa aveva già fatto preparare la mensa e stappato il vino migliore che quella terra generosa potesse produrre. Fu servito del cinghiale arrostito e il tribuno ne fece portare anche ai sottufficiali, e poi formaggi, uova, pane fragrante. Da fuori venivano le voci dei legionari che ridevano e scherzavano. L'atmosfera era allegra e rilassata: erano uomini abituati a operare in condizioni durissime, a rischiare la vita a ogni istante in prima linea sul campo di battaglia, e quella scorta a cinque carri doveva sembrare loro poco più che una lunga passeggiata costellata di piacevoli soste con buon cibo e buon vino, in un clima mite, attraverso paesaggi familiari lungo la più bella delle strade di Roma, la *regina viarum* come la chiamavano, una bellissima via lastricata, con stazioni di posta, cambio di cavalli e quant'altro potesse essere utile in un viaggio.

Dopo cena il tribuno passò con i due centurioni lungo il perimetro della fattoria per un giro d'ispezione: «Sono sicuro che andrà tutto bene,» disse «ma non dovete tollerare nessuna rilassatezza. Lo sapete come sono fatti gli uomini: mantenete la disciplina e teneteli all'erta come se fossimo in una missione di guerra. Mi sono spiegato?».

«Gli uomini sanno quello che devono fare» rispose Aulo Sabino. «Non hai di che preoccuparti, ma ci rendiamo conto delle tue responsabilità e faremo in modo che non ci siano sorprese. Avrai notato che abbiamo disposto due linee di sentinelle, proprio come in territorio di operazioni belliche.»

«È così che dovete fare ed è così che non avremo sorprese.»

«Certo che è strano...» cominciò a dire Rufo, il secondo centurione «duecento uomini di scorta per soli cinque carri; doppia linea di sentinelle di notte, un tribuno e due centurioni quando sarebbero bastati un paio di sottufficiali...»

«Vero,» rispose Prisco «ma non abbiamo alternative. Tutto quello che ci viene richiesto è di essere vigili, mi sembra naturale. Non rendiamo la cosa più difficile di quanto non sia ma facciamo in modo di non essere colti di sorpresa da nessuno in nessun momento del nostro viaggio. E ora chi può vada a riposare: domani ci attende una lunga giornata.»

Il tribuno raggiunse il suo alloggio seguito da Aulo

Sabino mentre il secondo centurione, Vario Rufo, rimase di servizio per il primo turno di sorveglianza.

Era una bella notte serena d'autunno e c'era la luna piena.

L'indomani la tromba diede la sveglia prima dell'alba come convenuto, la colazione era già pronta e venne servita in fretta: un pezzo di pane, una fetta di formaggio e un mestolo di lenticchie in umido della sera prima. Poi la colonna si mise in movimento.

Marciarono su un territorio completamente piatto ma con bei campi di ulivi, viti e mandorli sparsi qua e là, e belle fattorie attorno alle quali pascolavano mucche, asini e cavalli. Sui terrazzi erano stesi i fichi a seccare al sole e dalle aie veniva il profumo del vino nuovo e del mosto cotto che i servi facevano bollire in grandi marmitte per preparare la *sapa*. L'atmosfera era limpida e il paesaggio apulo si apriva alla vista fino alle prime lievi alture che si profilavano all'orizzonte.

I lavoratori nei campi si alzavano al passaggio della colonna, gettavano appena un'occhiata ai soldati che marciavano e riprendevano il loro lavoro. Erano abituati a vedere soldati da quando Roma, domata Cartagine, aveva aperto il fronte orientale, prima contro la Macedonia e dopo contro la Siria. Le armate erano transitate tutte di là, dalla via Appia, in un senso e nell'altro: i ragazzi freschi di leva che marciavano verso Brindisi e i veterani che andavano in senso opposto per godere di un periodo di riposo. Sette mesi prima era transitato l'esercito di Scipione proveniente dall'Asia e due mesi addietro quello del console Vulso che invece vi si recava, accolto, a quanto si sentiva dire, da preoccupanti presagi.

Verso mezzogiorno la colonna fece sosta presso un

torrentello per consumare un pasto frugale, pane e olive salate, e poi si rimise in marcia per raggiungere nel pomeriggio un villaggio chiamato Scamnum. Poche casette raggrumate attorno a una piazza in cui frotte di ragazzini giocavano a palla. Se lo lasciarono alle spalle dopo essersi ristorati alla fontanella che zampillava al centro del piccolo foro e si allontanarono verso la campagna. La strada era una striscia grigia luccicante sotto i raggi del sole, dritta per quanta se ne poteva intravedere, percorsa, di tanto in tanto, da qualche carretto e da qualche animale da soma carico di sarmenti o di prodotti della ricca agricoltura di quella campagna.

Il paesaggio rimase quasi immutato fino a Taranto, che apparve alla vista quattro giorni dopo. I soldati avrebbero dato qualunque cosa per una sosta entro le mura. Taranto era ricca e piena di luoghi di divertimento, soprattutto nella zona del porto dove c'era una quantità di bettole, di postriboli, di piccole osterie dove si friggeva il pesce appena pescato e dove si gustava il vino speziato di Cipro e di Creta, ma Elio Prisco non ci pensò nemmeno e diede ordine di accamparsi in un pascolo a un paio di miglia dalla cerchia delle mura.

Quinto Rulliano, in quello stesso momento, prendeva alloggio in una località della via Appia chiamata Le Tre Taverne dopo aver percorso il primo tratto della *regina viarum* e aver reso omaggio, fuori dalle porte dell'Urbe, al tumulo degli Orazi e dei Curiazi. Era un uomo legato alle tradizioni, dopo tutto.

Il paesaggio cominciò a mutare nei pressi di Silutum non prima di sei giorni buoni di marcia, rinfrescati un paio di volte da una pioggerella fine che non disturbò gli uomini più di tanto. La campagna appariva ora mossa da dolci profili ondulati, che s'intersecavano l'uno con l'altro mutando di colore a seconda delle colture: il biondo delle stoppie, il bruno e l'ocra dei campi arati, il verde dei pascoli. Dove la pioggia aveva inzuppato di più il terreno il colore era più vivo sotto i raggi del sole e gli alberi di melo erano macchie d'oro e porpora sui prati verdi.

Da lì la strada cominciava a salire gradualmente in direzione di Venosa, che si trovava in collina. Era un antico insediamento indigeno cui si era sovrapposta una colonia romana che stava prosperando proprio a causa del passaggio della strada. Molta gente, mercanti, soldati, artigiani, pernottavano nelle sue osterie e nei suoi piccoli ostelli. Molti si fermavano a vendere manufatti dalle città e a comprare i prodotti dell'agricoltura e dell'allevamento: olio, formaggi, vino, pelli, lana. La città aveva respinto Annibale durante la seconda guerra punica e aveva accolto trent'anni prima i fuggiaschi di Canne, per questo si era guadagnata la riconoscenza di Roma che anche recentemente ne aveva rafforzato le difese. Elio Prisco e i suoi uomini vi trovarono un alloggio confortevole nel quartier generale attrezzato per accogliere fino a un'intera legione. In quel periodo c'erano sì e no un centinaio di uomini agli ordini di un centurione anziano che li ricevette con grande cordialità e fece subito apparecchiare le mense per il tribuno e i due colleghi.

«Sarete stanchi,» disse «se volete potete anche farvi un bel bagno: abbiamo sempre acqua calda qui perché il nostro comandante ha combattuto nelle campagne d'Oriente e laggiù ha preso l'abitudine ai bagni termali. Se lo sapessero certi senatori o il censore a Roma credo che non la passerebbe liscia, ma qui nessuno fa la spia.» Intanto faceva strada verso gli alloggi degli ufficiali per sistemare i due colleghi nelle stanze del piano superiore e il tribuno nell'alloggio migliore al piano terra.

Elio Prisco approfittò del bagno caldo mentre i due centurioni si lavarono a torso nudo nella fontanella al centro della piazza d'armi prima di sedersi a tavola per la cena.

«Il tuo comandante dov'è?» chiese Prisco al centurione in comando.

«È a Benevento per prendere in consegna dei materiali e un gruppo di ausiliari a cavallo che alloggeranno qui da noi.»

«Chi è, lo conosco?»

«È un tribuno della Seconda legione, si chiama Lollio Celere. Ha fatto la campagna di Macedonia con Flaminino.»

«E tu eri con lui, centurione?»

«Sì, per i primi tre mesi, poi l'hanno mandato a un altro reparto, per fortuna. Non è un uomo facile, se posso dirlo. Un ufficiale all'antica che non perdona niente e non ha un minimo di comprensione. Gli uomini fanno una vita dura sotto di lui, mentre vedo che i tuoi ragazzi sono tutti di buon umore e svolgono con piacere il loro lavoro. Andate lontano con quel carico?»

Elio Prisco esitò un momento, poi disse: «No. Non molto». E il centurione capì che non era il caso di chiedere altro.

«Sai quando tornerà il tuo comandante?» domandò ancora.

«Dovrebbe essere di ritorno in capo a tre o quattro giorni, non credo che tarderà di più.»

«Allora me lo saluterai e lo ringrazierai a nome mio per l'ospitalità che abbiamo ricevuto in questo quartier generale.»

«Lo farò senz'altro, stanne certo.»

Dopo cena Prisco si assicurò che tutti gli uomini fossero ai loro posti, che nessuno si allontanasse o cercasse di andarsene in città in qualche osteria e lasciò le consegne ai due centurioni prima di ritirarsi a dormire. Sentì per qualche tempo le voci di Vario Rufo e Aulo Sabino che giocavano a dadi e poi più nulla.

Lo svegliò Sabino nel cuore della notte: «Tribuno, tribuno!».

«Che c'è? Che succede?»

«C'è un uomo che vuole vederti.»

«E dov'è?»

«Fuori.»

«Ha detto chi è?»

«No.»

«Allora mandalo in malora. Che torni domattina.»

«Ha detto che ha una parola d'ordine e che dopo averla udita lo ascolterai.»

«L'ha detta a te?»

«No.»

«Aspetta. Digli che vengo subito.»

Sabino andò ad aspettarlo fuori dalla porta occidentale, lo presentò al nuovo arrivato e si allontanò di qualche passo, abbastanza da assicurare la discrezione del loro colloquio ma non tanto da non essere in grado di proteggere il suo comandante se fosse stato in pericolo.

«Mi dicono che hai una parola d'ordine» esordì Prisco.

«Sibilla» rispose l'uomo.

Era un tipo robusto, piuttosto alto di statura e indossava un mantello con un cappuccio che gli copriva il capo.

«Come ti chiami?»

«Postumio.»

«Parla.»

«C'è un cambio di programma. Non devi più portare il carico fino a destinazione. Verrà un altro reparto a prenderlo in consegna. Vi incontrerete a Caudium, dopo Benevento.»

«Posso sapere il perché?»

«Certamente. Tu e i tuoi uomini siete richiesti altrove. La scorta al carico era solo un pretesto. Dopo lo scambio di consegne voi proseguirete fino a Capua dove alloggerete nel presidio. Lì ti verrà consegnato il nuovo ordine di servizio.»

«Ma non hai un dispaccio scritto?» chiese Elio Prisco.

«No. Solo la parola d'ordine. Motivi di riservatezza. Sai che viviamo in un momento difficile, di forti contrapposizioni politiche. Ognuno di noi deve fare le proprie scelte ma la fedeltà alla Repubblica non deve mai essere in discussione. Giusto?»

Elio Prisco restò per un poco in silenzio.

«Allora?» insistette l'uomo. «Non ho molto tempo da perdere. Che cosa debbo riferire al questore?»

«D'accordo. Se sono gli ordini... Ma sia ben chiaro che questo è l'ultimo che accetto senza un dispaccio scritto. Alla fine sono io che devo rendere conto.»

«Non ti preoccupare. Hai la fiducia delle massime autorità dello Stato. Di che ti preoccupi? Allora hai capito. A Caudium ci sarà il cambio della scorta. Chi arriva prima aspetta.»

Si incamminò verso il suo cavallo legato poco distante a un pioppo dalle foglie così gialle che sembravano risplendere nella notte come una torcia. Il centurione Aulo Sabino sogguardava la scena senza muoversi: non riusciva bene a capacitarsi di quanto stesse succedendo ma si rendeva conto che il suo comandante era in difficoltà. A un tratto lo sentì che gridava: «Aspetta!».

L'uomo che stava per balzare a cavallo si fermò e tornò indietro. I due confabularono per un poco poi Sabino riuscì a percepire la voce del misterioso personaggio che diceva: «Naturalmente, e con tanto di sigillo».

Elio Prisco rientrò scuro in volto e il centurione non gli chiese nulla. Lo raggiunse poco dopo il collega Vario Rufo: «Che cos'è stato?» gli chiese.

«Un tale che voleva parlare con il tribuno.»

«A quest'ora di notte? È stato fortunato a non prendersi un giavellotto nelle costole da qualcuna delle nostre sentinelle.»

«Si vede che ha preso le sue precauzioni.»

«Non hai idea di che cosa volesse?»

«No. Ma non credo si trattasse di qualcosa di piacevole. Il tribuno sembrava preoccupato e di pessimo umore quando mi è passato davanti.»

«Avrà a che fare con il nostro carico?»

«Fai troppe domande, collega. Il nostro compito è di scortare quei carri a buon fine. Ora, visto che mi sono svegliato, tanto vale che ti dia il cambio. Vai pure a riposare.»

Vario Rufo annuì senza dire nulla e si diresse verso il suo alloggio. Aulo Sabino si aggirò lungo il perimetro del quartier generale fin quando intravide il primo chiarore dell'alba e udì il canto dei galli salire da tutti i casolari sparsi nella campagna. Allora svegliò il trombettiere e fece suonare la sveglia.

Ripresero la marcia attraversando nel primo pomeriggio il ponte sull'Ofanto e proseguirono in direzione di Eclano facendo soste intermedie ad Aquilonia e Subromula. Oramai si addentravano nel tratto montuoso dell'Appia, in direzione di Benevento, che un tempo si chiamava Malevento. Il nome era cambiato dopo che i

Romani vi avevano sconfitto Pirro ottant'anni prima. In città c'erano ancora il trofeo e l'iscrizione che ricordava la vittoria senza la quale Roma non sarebbe certo divenuta ciò che era ora. In uno dei templi della città si conservavano anche le zanne di uno dei temibili elefanti del re dell'Epiro, mostri che nessuno aveva mai visto prima da quelle parti e che erano stati chiamati "buoi di Lucania".

Il viaggio da Venosa a Benevento era durato in tutto circa sette giorni perché la strada era in salita e i muli duravano fatica a trascinare il pesante carico dei carri. E proprio all'ingresso della città, mentre Prisco si accingeva ad attraversare il ponte, si ruppe una ruota del carro di testa e poi, poco dopo, un'altra di un secondo carro.

Gli uomini imprecarono ma riuscirono a evitare che i carri si rovesciassero. Li puntellarono e andarono in cerca di un carpentiere.

Quinto Rulliano arrivò a Minturno dopo aver passato Terracina e Formia e aver attraversato le paludi. Cenò con un pezzo di pane raffermo e un pesce bollito. Dormì male in una piccola osteria, tormentato dalle zanzare e dal bruciore di stomaco causato forse dal vino aspro che gli avevano servito. Cambiò cavallo e ripartì velocissimo in direzione di Capua, dove lo attendeva un appuntamento importante.

Impiegò tre giorni per arrivare, cambiando cavallo altre due volte nelle stazioni di posta ben attrezzate che incontrava a lato della via Appia. Si fermò in una piccola località a circa ventidue miglia da Capua dove sorgeva un tempio della dea Febris cui i viandanti diretti a nord, verso Roma, si affidavano prima di affrontare l'attraversamento delle paludi.

Il tempietto era circondato da cipressi e da cespugli di rosmarino ed era debolmente illuminato dall'interno, segno che qualcuno vi aveva acceso le lucerne per la notte. Rulliano legò la sua cavalcatura a un arbusto ed entrò. Non c'era nessuno tranne la statua della dea con un volto livido, quasi verde, nella ingenua rappresentazione di un artista di campagna a simboleggiare la malaria che coglieva chi si tratteneva troppo a lungo nelle paludi. Poi, d'un tratto, si udì un rumore e prima che Rulliano mettesse mano alla spada echeggiò una voce: «Tranquillo. Sono qui per il nostro appuntamento».

Gli apparve un uomo sulla quarantina con una benda nera di cuoio sull'occhio destro. «Gallo?» esclamò Rulliano sorpreso. «Non pensavo di trovare te. Che ci fai qui?»

«La gente può cambiare idea, no? Specie se ci sono di mezzo tanti soldi, o, se preferisci, il bene supremo della patria.»

«Come faccio a sapere che sei la persona che cercavo?»

«Facile. Basta mettermi alla prova e vedrai che so tutto quello che c'è da sapere.»

«Molto bene» replicò Rulliano. «Allora dimmi: come vanno le cose? A che punto siamo?»

«Tutto pronto. Gli uomini sono già in viaggio.»

«E loro? Dove sono?»

«Rimarranno a Benevento un giorno o due per caricare provviste e per alcune riparazioni. Hanno rotto un paio di ruote o addirittura un asse, se mi hanno informato bene. Ne avranno comunque per un po'.»

«Possono requisire altri carri e proseguire con quelli.»

«Elio Prisco è un uomo molto preciso: cinque carri ha ricevuto e cinque carri consegnerà. Gli stessi, intendo dire.»

«Meglio. Avremo il tempo di organizzarci. Dove pensi di dare corso all'azione?»

«A Caudium.»

«È un luogo maledetto.»

«Sì, i nostri ci rimasero incastrati al tempo delle guerre sannitiche e dovettero passare sotto il giogo.»

«Già. Ma se opponessero resistenza, che cosa pensi di fare?»

«Non credo che ci proveranno.»

«Come puoi esserne sicuro?»

«Non hanno motivo di farlo. Tu assicurami che mi cederai la mia parte della percentuale.»

«Visto che sei nel luogo giusto al momento giusto, direi che è fuori discussione. Dividiamo esattamente a metà. Ma sappi che, se la cosa non dovesse funzionare, avrai la metà di niente. Cioè niente.»

«Non hai bisogno di ricordarmelo.»

«Benissimo. Allora muoviamoci.»

Uscirono dal santuario e raggiunsero le loro cavalcature mettendosi al passo uno a fianco dell'altro. Era buio e il cielo coperto minacciava pioggia.

Raggiunsero Capua e di là, cambiati i cavalli, proseguirono veloci verso la loro meta. Si fermarono in una località di collina chiamata Calatia e lì Gallo lasciò la via Appia e si diresse verso un'altura dove si vedevano brillare delle luci. Rulliano lo seguì e in breve si trovarono davanti a un nutrito gruppo di soldati, sia fanti che cavalieri, tutti con le uniformi romane. Gli ufficiali si presentarono a salutarlo. Erano le persone, uomini a lui fedeli, che lui stesso aveva incaricato dell'arruolamento.

«Quanti sono?» chiese.

«Quanti bastano... in un caso o nell'altro.»

«Meglio così» rispose Rulliano. «Andiamo a prendere posizione. È preferibile essere in anticipo, in ogni caso.»

«Non c'è dubbio.»

Gallo fece un cenno a un ufficiale e la piccola armata si mise in moto in silenzio seguendo un sentiero attraverso i campi. Tutto stava andando come previsto. L'unica cosa che Rulliano non riusciva a capire era proprio la presenza di Gallo in quella situazione, un uomo che fino a poco tempo prima era stato nel partito politico avverso e la cui presenza in quel luogo e in quella situazione continuava a sorprenderlo. Decise di affrontare l'argomento finché erano in viaggio. Intanto aveva cominciato a piovere: una pioggerella insistente che faceva luccicare nell'oscurità gli elmi e le corazze dei soldati. La maggior parte di loro erano però fanteria leggera d'assalto come aveva lui stesso voluto, gente esperta sia con l'arco che con il giavellotto e la fionda, l'ideale per mettere in atto un'imboscata.

«Devo farti una domanda» disse Rulliano avvicinandosi a Gallo.

«La conosco già. Hai organizzato tutto personalmente e al momento di prendere le redini dell'operazione ti trovi come secondo in comando uno che non ti aspettavi, uno che dovrebbe stare dalla parte opposta. Vuoi sapere da chi prendo ordini, chi mi ha messo alla testa di questi uomini. Non è così?»

«È esattamente così. E mi auguro che la tua risposta sia soddisfacente.»

«Dalla stessa persona che ha convocato te nel tempio di Diana presso Lanuvio e che ti ha sempre voltato le spalle mentre ti parlava. Era la notte successiva alle Idi di ottobre. Giusto?»

«Giusto.»

«Ti basta?»

Quinto Rulliano esitò qualche istante, poi disse: «Mi basta. Per ora. Ma stai attento a non compiere passi falsi».

«Te l'ho già detto. Puoi stare tranquillo. Tutto filerà liscio e prima della fine del mese potremo spartirci un bel po' di soldi.»

Gallo spronò la sua cavalcatura e raggiunse la testa della colonna che avanzava in silenzio sotto la pioggia. Sulla linea delle montagne che delimitava l'orizzonte si vedevano palpitare dei lampi e ogni tanto giungeva attutito dalla distanza il rombo cupo del tuono.

In capo a due giorni Vario Rufo e Aulo Sabino riuscirono a completare la riparazione dei due carri senza essere costretti a scaricare le casse, usando leve e puntelli, e all'alba del terzo giorno il tribuno Elio Prisco fu in grado di dare l'ordine di partenza.

«La prossima tappa è Caudium» disse ai due centurioni.

«Un posto maledetto» commentò Sabino.

«Storia vecchia. Ora percorriamo una strada sicura e ben attrezzata. Perché preoccuparsi?»

«Inoltre ci sono delle novità» aggiunse Prisco. «A Caudium ci mandano il cambio.»

«Il cambio?» chiese Sabino. «Che cosa significa? Avevo capito che la nostra scorta sarebbe dovuta arrivare fino alla destinazione finale.»

«Ho avuto delle nuove comunicazioni a Venosa. Ci viene incontro un contingente a prendere in consegna il carico alla prossima sosta. Un cambio di destinazione credo.»

«A Venosa?» chiese Sabino. «Era quel tale che arrivò di notte?»

«Proprio lui.»

«Strano modo per riferire un banale ordine di servizio.»

«Hai ragione. Ma può darsi che avesse altri messaggi da recapitare prima dell'alba. I portaordini arrivano quando arrivano.»

«Verissimo. E noi?» chiese Vario Rufo.

«Noi proseguiamo verso Capua dove rimarrete negli alloggi del presidio. Lì vi sarà comunicato il nuovo incarico.»

I due centurioni non aggiunsero altro e si vedeva piuttosto bene che non erano molto convinti di quello che avevano appena udito. Ma erano abituati a obbedire agli ordini dei superiori e a non farsi troppe domande.

La valle di Caudium si apriva ormai di fronte a loro mentre il sole cominciava a calare dietro i monti.

«La luce del giorno si è accorciata di molto» disse Rufo guardando il sole che cominciava a toccare il profilo dell'orizzonte.

«È vero» rispose Sabino. «E anche le ore di marcia si riducono. Ma il tribuno ha detto di continuare ad avanzare finché ci si vede. Ci accamperemo solo quando farà scuro.»

Il piccolo convoglio cominciò così a scendere nella valle e, man mano che scendeva, la luce scemava sempre di più. Sabino e Rufo continuavano a conversare per ingannare il tempo.

«Da quanto servi nella Settima?» chiese Sabino. «Non ricordo di averti mai visto nella campagna d'Asia.»

«No, infatti» rispose Rufo. «Sono stato destinato alla legione da poco assieme a un certo numero di reclute per compensare i caduti. Prima prestavo servizio nei dintorni di Roma: sorveglianza lungo le strade, scorte a qualche senatore o funzionario, ospiti stranieri, delegazioni... cose del genere.»

«Immagino che ti trovassi bene. Non sembra un lavoro difficile.»

«Infatti. E vedevo la mia famiglia quasi ogni giorno. I miei vecchi hanno un podere proprio ai piedi dei colli di Tuscolo e con loro stanno mia moglie e i miei due figli, un maschio e una femmina. Tu invece vieni dal campo di battaglia, se ho ben capito.»

«È così» rispose Sabino. «Ho combattuto a Zama tredici anni fa contro Annibale e di nuovo l'anno scorso a Magnesia.»

«Dei, hai visto Annibale? Voglio dire, l'hai visto di persona?»

«L'ho intravisto più che altro, a Magnesia. A Zama non mi fu possibile. Un mio collega lo ha riconosciuto mentre passava a cavallo lungo l'ala sinistra dello schieramento nemico e me lo ha indicato.»

«E com'è?» lo incalzò Rufo.

«Era distante... piuttosto piccolo, e poi c'era polvere nell'aria. Ma ti assicuro che metteva paura anche così. Dico, la sola idea che fosse lui, capisci?»

«Capisco benissimo» rispose Rufo. «Per gli dei, avrei voluto esserci. Certo che tu ne avrai di cose da raccontare ai tuoi figli e ai tuoi nipoti quando lascerai l'esercito. Io, invece...»

«Non preoccuparti. Anche tu avrai occasione di fare esperienza. Il Senato si è reso conto negli ultimi dieci anni che il nostro esercito non ha rivali in nessuna parte del mondo e non si lascerà sfuggire l'occasione favorevole. Goditi la tua famiglia finché sei in tempo.»

Ormai era buio e Sabino diede il segnale di fermarsi. I carri furono trainati a lato della strada e gli uomini si prepararono a disporsi per la notte in un campo di stoppie. Sabino notò che il tribuno Elio Prisco appariva preoccupato e continuava a guardarsi intorno.

«Vedi?» disse rivolto al collega. «Sta aspettando qualcuno.»

«Speriamo che arrivino presto quelli che devono darci il cambio così non ci pensiamo più. Non so perché, ma ogni giorno che passa mi sento più a disagio...»

«Non ci pensare. Vedrai che arriveranno.»

Si separarono per controllare che la sorveglianza fosse vigile e che venissero accesi i fuochi intorno al campo. Quando tutto fu in ordine si udì un richiamo provenire dal lato occidentale e una sentinella che gridava: «Chi è là?».

«Amici» rispose una voce. «Devo parlare con il tuo comandante.»

Prisco si fece avanti trovandosi di fronte l'uomo con la benda sull'occhio.

«Gallo, tu?»

«In persona» rispose l'uomo. «Sorpreso di vedermi?»

«Sono contento invece. Ti credevo altrove, con il comandante Scipione.»

«C'ero, fino a un mese fa.»

«Come sta?»

«Benissimo. Quell'uomo ha una tempra eccezionale.»

«E poi?»

«Poi sono stato messo alle dipendenze del questore che mi impiega per missioni particolari.»

«Come questa?» chiese Prisco.

«Ah, figurati, un carico di piombo. Niente di tanto speciale, ma dopo sì che viene il bello. Ora non posso dirti nulla ma vedrai... vedrai. Domani comunque ti preparerò la ricevuta e potrai andartene tranquillo per i fatti tuoi.»

Nello stesso momento uno dei legionari della scorta si avvicinò a Sabino che stava a qualche passo dal tribuno e gli disse qualcosa. Il centurione imprecò, poi aggiunse: «Maledizione. Vengo subito».

«Com'è successo?» chiese Prisco.

«Una buca, tribuno. È buio, non l'hanno vista. Una delle casse ha urtato la sponda ed è caduta.»

«Non fa nulla» disse Gallo senza riuscire a celare una certa apprensione. «Vi mando qualcuno dei miei a dare una mano.»

Aulo Sabino raggiunse di corsa il luogo dell'incidente.

«Bene, datevi da fare, no?» gridò. «Che state aspettando?»

Un gruppo di uomini si avvicinò per sollevare la cassa. Era molto pesante: i chiodi che tenevano insieme un angolo avevano ceduto e si era aperta una specie di fessura.

«Tu, tu, e voialtri!» ordinò Sabino. «Su, fatevi sotto, ce ne vuole di gente per alzare questa cassa.»

Una quindicina di uomini e con gran fatica riuscirono a sollevarla dalla parte rotta e ad appoggiarla sull'orlo del pianale del carro. Poi andarono dall'altra parte, alzarono il lato posteriore e spinsero tutti insieme fino a rimetterla al suo posto.

«Va bene» approvò Sabino, e si accostò per chiudere la sponda, ma mentre si avvicinava al carro vide luccicare il metallo all'interno della fessura aperta nella cassa. Represse un'imprecazione. Si fece dare un martello da uno dei *fabri* e con due colpi bene assestati riconficcò i chiodi e chiuse la fessura.

Si volse: uno degli uomini di Gallo era dietro di lui reggendo a sua volta una lanterna. Fra i due vi fu un rapido contatto di sguardi e ciascuno di loro si rese conto che l'altro sapeva.

«Tutto a posto» disse Sabino. «Non c'è bisogno d'altro.»

I due contingenti si accamparono per la notte a poca distanza l'uno dall'altro e i carri furono portati nel campo di Gallo per il passaggio delle consegne. I due comandanti cenarono insieme nella tenda di Gallo.

«Non capisco» disse Prisco a un certo momento. «Se tu vai a Roma con il carico, perché non ci siamo incontrati a Capua?»

«Perché io non passo per Capua» rispose calmo Gallo. «Vado a sud, a Salerno.»

«A sud? E perché?»

«Non lo indovini?»

«No di certo.»

«Si stanno preparando in gran segreto cinque navi oceaniche da mandare oltre le colonne d'Ercole a spiare i Cartaginesi. Il comandante Scipione non si fida di loro per nulla. Il piombo serve per foderare le chiglie. Naturalmente io non ti ho detto niente.»

«Stai tranquillo» rispose Prisco. «Andrai anche tu?»

«È quello che spero. La missione è voluta dal comandante in persona.»

«Bene. Ecco spiegate tutte queste precauzioni.»

«Senti. Io partirò prestissimo domattina. Ti faccio ora la ricevuta così non sarai costretto a una levataccia» disse. E firmò al collega la ricevuta per dieci casse di lingotti di piombo.

«Non vuoi controllare?» chiese Prisco.

«Non ci penso nemmeno» rispose Gallo. «Se sono sigillate vuol dire che così devono arrivare a destinazione.»

«Salutami il comandante, se lo vedrai» disse Prisco.

«Lo farò» rispose Gallo. «Ci vedremo a Roma, spero.»

«Sì, penso di sì. Fai buon viaggio.»

«E anche tu.»

«Ti ringrazio» rispose Prisco. Salutò ancora e tornò

al proprio alloggio. Tutto era calmo e silenzioso, gli uomini già riposavano e soltanto un gruppetto di una dozzina vegliavano giocando ai dadi intorno a un fuoco.

Prisco si svegliò alle prime luci dell'alba, si lavò nella bacinella da campo, indossò l'armatura e uscì. Aveva fatto piuttosto freddo durante la notte e i campi attorno erano coperti di brina. Gallo doveva già essere partito da un bel po'; un paio di cani randagi si litigavano le ossa avanzate dalla cena dei soldati. A un tratto di sentì chiamare: «Tribuno!». Si volse dalla parte da cui proveniva la voce e vide Vario Rufo che correva trafelato: «Presto!» gridava. «Presto, vieni!»

Prisco lo raggiunse: «Che succede?».

«Vieni» rispose Rufo. «Guarda tu stesso.»

Lo condusse fuori dall'accampamento verso la campagna. In una specie di avvallamento del terreno, invisibile dal campo, giaceva il corpo esanime di Aulo Sabino con un pugnale conficcato nella schiena.

«Dei...» mormorò Prisco sconvolto a quella vista.

«Lo ha scoperto stamattina uno degli uomini che si era appartato per urinare» disse Rufo.

«Ma possibile che stanotte nessuno si sia accorto della sua assenza?»

«Io sono stato di turno per la prima parte della notte, poi mi ha sostituito uno degli ufficiali di Gallo. Ho pensato che fosse sotto la tenda a dormire.»

Prisco si inginocchiò vicino al cadavere e indicò il pugnale a Rufo: «Ti dice niente, questo?».

Rufo l'osservò: «Non molto. È un'arma piuttosto comune e diffusa qui al Sud. Comunque non è del tipo in dotazione all'esercito, come vedi».

«Hai controllato se è stato derubato?»

«Guarda tu stesso: ha ancora il suo stipendio nella cintura.»

«Non è per furto, quindi... Senti, bisogna avvertire Gallo. Corrigli dietro e fallo tornare. Ho bisogno della sua testimonianza: qui è stato assassinato un ufficiale dell'esercito della Repubblica, per Ercole! Intanto non lo muovete e non lo toccate. Voglio che lo veda così come noi lo abbiamo trovato.»

Vario Rufo prese un cavallo e un paio di compagni e si lanciò al galoppo mentre il tribuno Elio Prisco camminava tutto intorno all'avvallamento lanciando ogni tanto un'occhiata sgomenta al cadavere che giaceva sul fondo in una pozza di sangue rappreso. Intanto la voce si spargeva nell'accampamento e i soldati accorrevano uno dopo l'altro a guardare il corpo inerte dell'uomo che fino alla sera prima li aveva comandati con fermezza e coraggio. Molti non riuscivano a trattenere le lacrime. Alcuni correvano al campo a spargere la voce, altri facevano domande come se fosse possibile trovare una risposta a quella morte enigmatica e inspiegabile.

Rufo tornò che il sole era già alto nel cielo e balzò a terra.

«Dov'è Gallo?» chiese il tribuno.

«Sparito» rispose Rufo scuro in volto.

«Sparito? Ma che dici? Con quasi quattrocento uomini, cinquanta cavalli e cinque carri?

«È così. A un certo punto ho trovato i resti dei carri bruciati, tracce di cavalli che andavano verso il fiume e poi più niente.»

«Spariti...» continuava a ripetere Elio Prisco. «Spariti...»

Fece il suo rapporto al questore dieci giorni dopo a Roma. Per prima cosa presentò la ricevuta: «Ecco la prova della consegna da me effettuata al tribuno Gallo Saturnino».

Il questore prese la ricevuta, le diede una scorsa e la ripose in un cassetto: «Bene» disse.

Prisco lo guardò con un'espressione interrogativa come se aspettasse altre parole dalla bocca del magistrato il quale invece lo fissava perplesso in silenzio.

«Il carico è arrivato regolarmente a destinazione?» chiese Prisco.

«Ovviamente» rispose il questore.

Prisco capì che non voleva o non poteva dirgli niente altro e non insistette.

«C'è un'altra cosa, molto incresciosa, di cui ti debbo riferire, questore.»

«Parla.»

«Aulo Sabino, centurione primo pilo della Settima legione, è stato trovato ucciso la mattina stessa in cui il tribuno Gallo è partito con il carico che gli avevo dato in consegna secondo le istruzioni riservate che avevo ricevuto.»

«Questo è molto grave» rispose il questore. «Hai scoperto l'assassino?»

«No, purtroppo.»

«Hai dei sospetti in base ai quali io possa dare corso a una indagine?»

«Purtroppo no. È successo di notte quando al campo c'erano più di cinquecento soldati. Il corpo è stato trovato per caso l'indomani. Era freddo e rigido. Doveva essere morto da almeno tre o quattro ore.»

«Hai testimonianze dirette?»

«No, purtroppo.»

«Scrivimi un rapporto dettagliato» gli ordinò il questore «e mandamelo al più presto. Aprirò un'inchiesta in ogni caso. Non possiamo passare sotto silenzio l'uccisione di un valoroso ufficiale del nostro esercito e se troveremo i colpevoli sarà mia cura che siano puniti in modo esemplare. Vai ora. La Repubblica ti è grata per il servizio che le hai prestato.»

Prisco uscì dalla casa del questore e fece un po' di strada con il centurione Vario Rufo che lo attendeva fuori.

«Che ha detto il questore?» gli chiese.

«Niente.»

«Niente?»

«Mi ha chiesto un rapporto. Ha detto che aprirà un'inchiesta. Le solite cose. Niente, insomma.»

«Capisco...»

«Centurione.»

«Sì.»

«A volte ho l'impressione che tu mi nasconda qualcosa. È così?»

«Nasconderti qualcosa? Io? Oh, no. No di certo, tribuno. No, non ho nulla da dirti... purtroppo.»

Si salutarono e ognuno andò per la propria strada.

L'inchiesta sulla morte di Aulo Sabino in una oscura località lungo la via Appia non approdò a nulla e nessuno parlò più di quella faccenda. Elio Prisco fu destinato qualche tempo dopo a un presidio nel Nord, dalle parti di Rimini, assieme al centurione Vario Rufo, e per qualche tempo sembrò aver dimenticato l'increscioso episodio che aveva segnato la sua vita.

Sei mesi dopo, in una fredda mattina di febbraio, Marco Porzio Catone, detto il Censore per la severità dei suoi costumi, entrò in Senato e chiese di parlare.

«Ne hai facoltà» disse il presidente dell'assemblea.

Catone estrasse dalle pieghe della toga un rotolo e lo svolse con gesto teatrale: «Come voi sapete, padri coscritti, da tempo attendevamo che il re Antioco di Siria, sconfitto a Magnesia dalle nostre armate, mandasse il pagamento previsto della prima rata dei danni di guerra. Mille talenti! Pensavamo tutti che il re fosse un fedifrago e non mantenesse gli impegni assunti e a malincuore ci accingevamo a inviare istruzioni al nostro console in Asia, Manlio Vulso, di prendere provvedimenti contro di lui. Ma ecco qua la sua risposta».

Un brusio corse tra le file dei senatori: i due Scipioni si guardarono in faccia l'un l'altro, perplessi. L'espressione trionfale di Catone, il loro acerrimo avversario, non prometteva nulla di buono.

«Ecco qua la risposta!» esclamò ancora Catone sventolando il foglio di pergamena che aveva in mano. «Il re Antioco afferma di avere regolarmente pagato la prima rata, che il denaro, parte in lingotti, parte in argento monetato, è stato regolarmente caricato su una delle nostre navi e acclude tanto di ricevuta, firmata dal nostro valoroso console Lucio Cornelio Scipione, detto l'Asiatico.

«Ora, nobili padri, è chiaro a tutti che quel denaro è partito, che il nostro valoroso condottiero ha firmato la ricevuta, ma che quel denaro non è mai giunto nei forzieri della Repubblica. A chi dunque dobbiamo chiedere conto dell'ammanco di ben mille talenti d'argento?»

Il brusio si mutò in clamore e tutti si volsero verso Lucio Cornelio detto l'Asiatico, che guardò in faccia il fratello con espressione sgomenta. Publio Cornelio, detto l'Africano, si alzò gridando: «È una infame calunnia! È una indegna montatura! Mio fratello non ha mai toccato quel denaro. Ve lo garantisco!».

Catone chiese il silenzio: «Per favore, per favore, padri coscritti!». E appena il clamore si fu attenuato disse: «Le parole di Publio Cornelio sono nobili parole e gli fanno onore, ma noi abbiamo bisogno di ben altro. Vogliamo sapere che fine hanno fatto i mille talenti della prima rata dei danni di guerra, che re Antioco ha pagato, Lucio Cornelio ha preso in consegna e che non sono mai arrivati nelle casse della Repubblica!».

Quelle parole furono accolte da un nuovo, fragoroso clamore, e poco dopo il Senato votò un ordine del giorno in cui Lucio Cornelio Scipione Asiatico era messo ufficialmente sotto inchiesta per la sparizione di mille talenti d'argento di proprietà dello Stato.

Lo scandalo travolse l'intera famiglia. L'Asiatico scomparve dalla scena politica; l'Africano, il vincitore di Annibale, lasciò Roma per ritirarsi nella sua villa rustica di Literno. Abbandonando l'Urbe avrebbe esclamato: «Ingrata patria, non avrai le mie ossa!».

Nessuno dei due riuscì a giustificare la sparizione di quel denaro, l'inchiesta non poté dimostrare la loro colpevolezza ma si concluse con una grave censura. Gli Scipioni erano distrutti. Catone aveva vinto. Per il momento l'ellenizzazione di Roma era scongiurata.

Elio Prisco seppe dello scandalo poco tempo dopo mentre godeva di un periodo di riposo a Rimini assieme al centurione Vario Rufo, che ormai era il suo aiutante di campo.

Una sera lo invitò a cena perché voleva sfogarsi e dire finalmente quello che gli era venuto alla mente: «Io ho l'impressione che il nostro trasporto sulla via Appia abbia a che fare con tutto ciò» disse. «Mi sono fidato della presenza di Gallo Saturnino perché era un amico del comandante Scipione, ma evidentemente era passato dall'altra parte ed era stato usato perché si sapeva che eravamo amici e che mi sarei fidato di lui. Probabilmente Gallo potrebbe scagionare l'intera famiglia da quelle accuse infamanti, se parlasse, se dicesse quello che sa. Tu che ne pensi, centurione?»

«Io dico che hai ragione, tribuno.»

«Che cosa?»

«Sì. Quelle casse contenevano argento, non piombo.»

«Ne sei certo? Come fai a dirlo?»

Vario Rufo gli porse un bellissimo statere d'argento del regno di Siria: «Vedi questa moneta? L'ho trovata quella stessa notte nel punto in cui era caduta la cassa. Ed era bianca di farina».

«Non capisco.»

«Sì, le monete erano immerse nella farina, così non facevano rumore con i sobbalzi del carro e non destavano sospetti.»

«Allora è per quello che è morto il tuo collega Aulo Sabino.»

«Credo proprio di sì. Loro si erano resi conto che aveva scoperto il vero contenuto delle casse e che te lo avrebbe riferito. Non potevano permetterlo.»

«Ma perché almeno tu non mi hai detto nulla?»

«Perché? Perché così è morta una persona sola. Se avessi parlato, tu avresti reagito e loro ci avrebbero uccisi tutti.»

Gettò sul tavolo la moneta d'argento. «Tienila per ricordo» disse «se non altro di un bel viaggio sulla più bella delle vie. La *regina viarum.*» Poi si alzò per congedarsi.

«Buona notte, tribuno» disse.

E uscì.

L'ultimo Natale

«Santità, è ora.»

L'anziano sacerdote entrò in punta di piedi dopo aver bussato discretamente.

Il pontefice alzò la testa dallo scrittoio.

«Vengo subito, don Martino. Un attimo e sono da lei.»

Firmò la lettera che stava scrivendo con una stilografica con i simboli pontificali in oro, asciugò accuratamente con il tampone di carta assorbente, poi riavvitò il cappuccio della penna e la depose sullo scrittoio accanto alla lettera che lasciò sul portacarte di cuoio marocchino.

«Da questa parte, santità» disse il sacerdote.

Il papa si alzò e gli andò dietro attraversando la biblioteca e poi un corridoio fino all'appartamento privato. Un anziano servitore lo attendeva e il papa lo salutò.

«Buona sera, Gavino.»

«Buona sera, santo padre.»

Il servitore si avvicinò mentre il papa si toglieva lo zucchetto e glielo consegnava.

Gavino lo depose su un piattino di ottone.

Il papa si slacciò la candida talare con la mozzetta

bianca bottone dopo bottone e la passò al servitore che la appoggiò su una gruccia. Da ultimo gli consegnò le scarpe di cuoio rosso con le fibbie che furono deposte una accanto all'altra sotto la talare. Quindi Gavino andò a un armadio e prese un paio di mocassini neri, una giacca di panno, un cappotto di lana grigia e lo aiutò a rivestirsi. Da ultimo gli porse un cappello a lobbia, un Borsalino di buon feltro, e il papa lo calzò con inaspettata disinvoltura.

«Come sto?» chiese quando ebbe assunto l'aspetto di un anonimo borghese.

Don Martino si asciugò furtivamente una lacrima. Gavino lo guardò per qualche istante in un perplesso silenzio, poi disse: «La preferivo com'era prima, santità».

«Lo sai, mio buon Gavino, che non era più possibile. È un calice amaro da bere, ma se così deve essere, così sia.» Guardò l'orologio. «Be', mi sembra che sia ora di andare.» Mise mano al portafoglio e lasciò al servitore un biglietto da cinquanta euro.

«Ma che fa, santità? Non voglio che si disturbi, davvero, non ne ho bisogno» disse Gavino.

«Non sono molti, ma è quello che posso darti. Ti prego, accettali come modesto ringraziamento per tutto quello che hai fatto per me.»

«È stato un onore altissimo servirla, santo padre, e la mia aspirazione più grande sarebbe stata di spendere il resto della mia vita al suo servizio.» Si inginocchiò senza più trattenere il pianto.

«No, no, mio buon amico. Non fare così o finirò per piangere anch'io. Grazie ancora, Gavino. Grazie del tuo affetto, della tua assistenza, della tua devozione.»

«Mi benedica, santità» implorò il vecchio.

Il pontefice assentì gravemente, poi tracciò il segno della croce con la lunga mano ossuta.

«Ah» disse poi guardando la mano. «Dimenticavo questo.» E si tolse anche l'anello di ametista appoggiandolo su un tavolino.

Don Martino gli aprì la porta e il papa lo seguì fino all'ascensore. Scesero al piano terreno del grande palazzo e il sacerdote si diresse all'uscita del cortile di San Damaso ma il papa lo fermò con un gesto: «Ancora qualche minuto» disse.

Si diresse verso la basilica ed entrò nell'immenso tempio silenzioso. Anche don Martino gli andò dietro e lo vide scendere sotto l'altare della confessione fino al piccolo sacello che segnava, secondo le più recenti scoperte degli archeologi, il punto preciso dove era stato sepolto il Principe degli Apostoli. Si inginocchiò pregando in silenzio, poi ritornò a lenti passi in superficie e salì i gradini del grande altare sotto il baldacchino di Bernini. Trasse di tasca una piccola chiave dorata e una scatolina di metallo lucido. Aprì il tabernacolo, prese le ostie consacrate e le mise nella scatolina di metallo che appese al collo sotto la camicia.

«Mi sembra che non abbiamo dimenticato nulla» disse. «Ora possiamo andare.»

Raggiunse l'uscita, attraversò il cortile di San Damaso dirigendosi verso il portone esterno. Un'ombra si profilò alla sua sinistra: la sagoma di un uomo con un cappello calato sugli occhi. Don Martino si parò istintivamente davanti al papa. L'uomo, intuendo il motivo della reazione del sacerdote, si fermò a qualche passo di distanza e si fece riconoscere: «Sono il colonnello Schultz, santità; volevo salutarla prima di partire e...».

Il comandante della guardia svizzera.

«Si avvicini, colonnello. Don Martino ha avuto paura. Effettivamente non immaginavo che lei fosse ancora qui.»

«Ho voluto curare di persona la sistemazione delle uniformi e delle armature, e poi...»

«Che cosa c'è, colonnello?»

«Vorrei che vostra santità mi consentisse di accompagnarla fino...»

«Fino a dove?» lo interruppe il pontefice con un sorriso ironico.

Aveva preso a piovigginare: una pioggerella fine e uniforme come nebbia. Giungeva attutito, nel gran cortile vuoto, il rumore del traffico di Roma e il suono continuo e intermittente dei clacson dava l'impressione, non fosse stato per il tempo, di trovarsi in una città del Vicino Oriente.

«Fino alla sua destinazione, santità.»

Il papa sorrise di nuovo: «Ma non c'è una destinazione, colonnello. Non ho idea di dove mi fermerò questa notte. Ci sto pensando...».

«Vostra santità non parlerà sul serio... Questo non è possibile.»

«Purtroppo è così, caro colonnello, ma non si preoccupi. Vede? Io sono sereno, anzi, penso di non essere mai stato tanto sereno in vita mia. Sa una cosa? Quando uno per anni e anni è costretto a preoccuparsi, ad angosciarsi, a porsi mille problemi, a interrogarsi sulle proprie responsabilità, su quello che potrebbe o dovrebbe fare per evitare il peggio, poi, quando non resta più nulla, si riscopre sereno. La quiete dopo la tempesta: è una poesia di un grande poeta italiano. Non so se la conosce... non importa. Insomma, stia tranquillo. Salutiamoci qui. Le sono molto grato per il servizio che ha svolto, tutto solo, negli ultimi tre anni. Porti a casa, se riesce, la sua gloriosa uniforme. È suo diritto indossarla quando verrà la sua ultima ora, se le fa piacere. Al museo ne resteranno più che a sufficienza. Anche la tradizione ha i suoi diritti.»

«Lo farò senz'altro, santo padre. Le auguro buona fortuna.»

«Altrettanto a lei, colonnello. Addio.»

Schultz aveva il volto rigato di pioggia o, forse, di lacrime quando si tolse il cappello e si chinò a baciargli la mano. Attese qualche istante, poi si coprì e si allontanò verso una porta laterale.

«Forse è meglio che anche noi usciamo di là» disse don Martino.

«E perché? Tanto vale affrontare la situazione. Non abbiamo fatto nulla di male: perché nasconderci?»

«È che io non gliela darei questa soddisfazione, ecco! Io non gliela darei proprio: là fuori ci saranno televisioni, giornalisti...»

«Devo ricordarle, don Martino, che nulla avviene senza che Dio lo voglia?»

«Lo so bene, santità, nondimeno...»

«Venga, non abbia paura. Questa è stata la nostra casa per duemila anni, possiamo ben uscire a testa alta dalla porta principale. Su, venga, dobbiamo comportarci in modo molto tranquillo e naturale. Vedrà, sarà questione di poco, qualche istante, poi l'ombra... l'ombra finalmente.»

Erano ormai davanti al portone. Don Martino appoggiò la mano sulla grande maniglia di bronzo, trasse un profondo respiro e aprì.

Furono investiti e accecati da una scarica di lampi fotografici, da decine di riflettori, e immediatamente dopo presi d'assalto da una canea di giornalisti armati di microfoni con tutte le sigle possibili e immaginabili. Urlavano, si spintonavano, facevano domande in tutte le lingue del mondo. Don Martino udì solo l'italiano mentre cercava di aprire per sé e per il suo compagno un varco in quella ressa. Un noto conduttore della prima rete nazionale declamava a poca distanza da lui: «È un momento di incredibile portata epocale, signore e signori, l'ultimo pontefice romano esce dal cortile di San Damaso, richiude dietro di sé la porta di una sede che i suoi predecessori hanno occupato senza interruzione da duemila anni: Clemente XV* lascia i Palazzi Vaticani e la cattedra di San Pietro. Da tempo la sua posizione si era fatta insostenibile: la mancanza di sacerdoti, la cronica insufficienza di mezzi e vocazioni, e in particolare la diffusione ormai ampiamente maggioritaria della religione islamica nel nostro paese e nella capitale avevano reso impossibile la sua permanenza in questi palazzi».

Don Martino cercava disperatamente di aprire un passaggio fra quegli scalmanati, tentava di sottrarre l'anziano pontefice a quella calca irriverente e arrogante, ma più spingeva e più si affannava. E a nulla valevano i richiami del papa alle sue spalle che gli diceva: «È inutile, lasci stare, dobbiamo aspettare che tutto si plachi, poi ce ne andremo per la nostra strada».

«Lasciateci passare!» gridava don Martino. «Lasciateci passare!» Ma nessuno lo ascoltava, nessuno aveva rispetto per la sua scomposta ed esasperata difesa di Clemente XV. A un tratto la voce gli si strozzò nella gola, gli occhi gli si riempirono di un'espressione attonita, vacillò sulle gambe e crollò al suolo.

Il conduttore televisivo alzò ancora il tono della voce: «Si sta consumando un dramma, signore e signori, in questa antivigilia di Natale il segretario di Clemente XV, don Martino Bettelli, è stato colto da malore. Il servizio

* Al momento in cui questo racconto è stato per la prima volta pubblicato, prima del Natale 2004, il nome del papa che ne è protagonista era Benedetto XVI. Lo abbiamo cambiato in Clemente XV per evitare il disagio di un riferimento diretto al Pontefice regnante che proprio quel nome ha scelto al momento della sua elezione.

di sicurezza ha avvertito un'ambulanza che dovrebbe arrivare a momenti».

Un altro gridava: «Fate largo, fate largo! Qualcuno sta male!».

Si creò così un breve spazio attorno al sacerdote caduto. Giaceva sull'impiantito bagnato sotto la pioggia che aveva adesso preso a cadere più insistente. Il papa gli si inginocchiò accanto mentre gli astanti sembravano impazziti dall'eccitazione per quel colpo di scena extra che rendeva ancora più appetitoso il loro reportage in mondovisione.

«Don Martino» mormorava con la voce rotta. «Amico mio, perché, perché?»

«Volevo difendervi, santo padre, da questa canea, da questa... profanazione... ma non vi preoccupate, si vede che era la mia ora. Meglio così che in un altro modo e in un altro luogo.»

«Ma che dite, amico mio? Ora verrà l'ambulanza e sarete subito curato, ve la caverete.»

«No, santo padre, no. Sto morendo. Assolvetemi, vi prego. Assolvetemi.»

L'eccitazione era al parossismo. Il papa alzò un momento lo sguardo e vide davanti a sé l'imam di Roma con il suo copricapo da cerimonia che osservava quella scena con sguardo indecifrabile mentre echeggiava, sempre più vicino, il lamento angoscioso delle sirene.

Il papa levò la mano a tracciare un segno di croce: «*Ego te absolvo a peccatis tuis in nomine Patris et Filii et Spiritus Sancti*».

Don Martino riuscì a mormorare: «Amen».

E spirò.

La scena si illuminò improvvisamente dei lampi azzurri intermittenti dell'ambulanza, il suono della sirena si acquietò, due portantini si fecero largo fra la calca, deposero a terra una barella, vi adagiarono il corpo senza vita del vecchio sacerdote e si diressero verso l'ambulanza che attendeva con il motore acceso.

Clemente XV si alzò in tutta la sua statura e in tutta la sua ascetica magrezza e la calca che si era richiusa dietro la barella si aprì come per miracolo. Si liberò uno stretto sentiero fra due ali di giornalisti improvvisamente silenziosi, incapaci di fare altre domande a quell'uomo solo e addolorato. Lo guardarono mentre si allontanava immergendosi nel traffico cittadino.

Il giornalista della prima rete nazionale si avvicinò ora all'imam di Roma: «Che cosa prova a essere il capo della religione più numerosa e diffusa in quella che fu la capitale della cristianità? Pensa che la basilica di San Pietro dovrebbe essere trasformata in una moschea?».

L'imam, un siciliano sulla sessantina, si schermì: «Credo che sia prematuro parlare della destinazione di questi luoghi. Ma se la volontà di Dio dovesse manifestarsi in questa direzione, allora se ne dovrebbe tenere conto...».

Il giornalista si volse nuovamente verso la telecamera per concludere il suo servizio: «Avete visto e sentito: una storia secolare di conflitti religiosi, una storia di luci e di ombre, di scontri anche sanguinosi si è conclusa in un modo perfino banale. Roma non è nuova a questi cambiamenti: diciassette secoli fa il pontefice massimo lasciò la sua carica al papa, capo della nuova religione cristiana dominante. Ora si è concluso un altro ciclo e l'ultimo papa ha lasciato i Palazzi Vaticani che potrebbero diventare un museo, ma anche avere diverso destino, se così vorrà la maggioranza dei cittadini che ormai è di religione islamica. La storia di Roma continua verso destini ancora incerti ma sotto il segno del profeta, sotto la verde bandiera dell'islam. Ciò che è accaduto rappresenta comunque il trionfo della tolleranza religiosa e civile, vanto della nostra civiltà occidentale».

«Ma quale civiltà occidentale de' li cojoni!» esclamò in romanesco il barista cambiando canale. «Ma vedi d'annattene a fa' n culo! Qui de occidentale nun c'è rimasto neanche la pizza! Te possino!»

«Un cappuccino, per favore, ben caldo» chiese l'avventore appena entrato battendo i piedi in terra per il freddo. Nessuno dei presenti fece caso a quell'anziano signore in un elegante cappotto grigio scuro, perché i loro sguardi erano rivolti alla partita di calcio tra due importanti squadre di coppa Uefa in onda sul canale satellitare. Il barista preparò un cappuccino fumante e glielo mise davanti.

«E una brioche, vuota, per favore.»

Il gestore gli porse la brioche avvolta in un tovagliolo di carta. L'avventore cominciò a sorbire il suo cappuccino e a mangiare la brioche.

«Mah...» disse il barista. «Ma le sembra possibile che Roma resti senza il papa? Ma 'un ce se poteva studia' 'n rimedio?»

«Che vuole che le dica» rispose l'avventore. «Quando le cose prendono una certa piega, non è che si possano trovare rimedi. È come quando un uomo muore di vecchiaia, capisce?

«La gente ha dimenticato che cos'era il Natale una volta, ha dimenticato cosa significava dire le orazioni, andare alla Novena, recitare il rosario il mese di maggio con il profumo delle rose, davanti a un'immagine della Vergine. Le cose importanti erano le automobili, le vacanze, gli abiti firmati, il sesso, il successo. Quando una civiltà perde l'anima, è condannata. E nulla la può salvare. Si crea un vuoto che viene riempito da qualcos'altro: da altre convinzioni, da altri ideali, da un'altra religione... Non c'è rimedio. Oppure, se c'è, lo sa solo Dio... Quanto fa?» domandò mettendo mano al borsellino.

«Due euro e venti centesimi» rispose il barista.

«Senta, io devo raggiungere una località nei dintorni di Ostia, via Angelini. Sa dirmi che mezzo posso prendere?»

Il barista sfogliò le pagine gialle e guardò la carta dei collegamenti: «C'è la metropolitana, linea blu, fino al capolinea. Poi prenda il 38 barrato e chieda al conducente. In un'ora e mezzo circa dovrebbe essere a destinazione».

«La ringrazio molto. Buona notte.»

«Buona notte» rispose il barista.

L'avventore aprì la porta a vetri che dava sulla strada e una folata di vento gelido lo investì in pieno. Si voltò un istante e aggiunse: «... e Buon Natale!».

«Buon Natale anche a lei signor... senta, ma a me sembra di conoscerla.. ma lei non è...» Non fece in tempo a finire la frase: l'uomo era già sparito.

Camminò a lungo per i marciapiedi verso la fermata della metropolitana e ogni tanto pensava a don Martino che se n'era andato e a quell'ora aveva già la visione dell'Eterno e della Verità. Sentiva nel cuore una malinconia infinita al vedere le luci festive e il loro roteare senza senso, le stelle comete anch'esse assurde e i finti abeti carichi di luci. Era come quando d'autunno le foglie sono ancora attaccate agli alberi pur essendo già morte e attendono solo che il primo soffio di vento le stacchi e le porti via.

Il fiato tiepido della stazione del métro gli diede un po' di sollievo e passò guardando i mendicanti che si apprestavano a passare la notte sui loro cartoni. Acquistò un biglietto al distributore automatico, attraversò la barriera e aspettò il treno. Al momento di salire si sentì stritolato in mezzo a una gran ressa di persone che cercavano di entrare tutte assieme e per un attimo gli sembrò di essere ancora all'uscita del cortile di San Damaso in mezzo a quella canea di giornalisti. Trasse un lungo respiro e si cacciò nella calca riuscendo a guadagnare l'ingresso.

Si guardò intorno appena il treno si fu messo in moto e si rese conto che era tanto che non saliva su una metropolitana e che non faceva diretta esperienza della composizione etnica della Città Eterna: era circondato da ogni parte da africani e maghrebini nelle loro tenute fantasiose, con i loro orecchini e tatuaggi e cinture variopinte. Si sentì quasi a disagio nel suo cappotto di grisaglia, con la sua lobbia di buon feltro. C'era da sperare che qualche malintenzionato non lo scambiasse per una persona facoltosa, ma fu il pensiero di un attimo: come avrebbe mai potuto una persona facoltosa viaggiare su quel treno in mezzo a tutta quella gente umile?

Le fermate si susseguivano le une alle altre svuotando via via la vettura dei suoi occupanti. Appena si liberò un posto si mise a sedere, prese il breviario dalla borsa e cominciò a leggere l'ufficio di compieta alzando il capo solo per gettare un'occhiata alla basilica di San Paolo, quando il treno fu di nuovo in superficie, immersa nel buio ma inconfondibile per la sua mole imponente.

La fermata del 38 barrato era a un paio di isolati di distanza e l'autista fu abbastanza gentile: «Lei scende alla prossima» gli disse dopo un paio di fermate. «E faccia attenzione, questo è un quartiere poco raccomandabile.»

La comunità di San Biagio era al numero 31 di via Angelini e don Martino gli aveva detto che là probabilmente avrebbero avuto la possibilità di trovare alloggio e la compagnia di un paio di sacerdoti di grande coraggio e forza d'animo che presidiavano quella specie di avamposto fra i diseredati della capitale, guide spirituali di un gruppo piccolo ma molto determinato che levava le giovani prostitute dalla strada.

Suonò il campanello con discrezione perché erano quasi le undici e forse qualcuno già stava dormendo. Non ottenne risposta. Suonò ancora e più a lungo. Aspettò.

Nulla.

Si sentì prendere dall'angoscia: possibile che non ci fosse più nessuno? Spinse la porta e sentì che era aperta. Entrò nell'androne buio e cercò tentoni l'interruttore della luce.

«C'è nessuno?» domandò, prima sottovoce e poi più forte. «C'è nessuno?»

Gli parve di sentire un rumore venire dai piani superiori. Cominciò a salire a passi lenti e cauti finché si trovò sul secondo pianerottolo davanti a una porta socchiusa da cui filtrava un poco di luce. Muri scrostati, graffiti in tutte le lingue, sporcizia, cartacce... Tese l'orecchio e gli parve di udire dei lamenti soffocati.

«C'è nessuno?» domandò ancora. Gli rispose un mugolio prolungato e poi un grido.

«Chi è là?» chiese con il cuore in gola. Si fece forza ed entrò. Restò paralizzato alla vista che gli si presentò davanti. Alla luce fioca di un'unica lampadina una giovane di colore, nuda dalla cintola in giù, a gambe aperte, si torceva nelle doglie del parto.

Istintivamente si ritrasse, ma la voce di lei lo trattenne: «Dove vai, stronzo?! Non vedi che ho bisogno?».

Si fermò. Non si era mai trovato in una simile situazione, né era mai stato apostrofato in quel modo. Ma pensò che le cose erano cambiate, che gli eventi erano precipitati in ogni possibile aspetto della sua esistenza. Mormorò dentro di sé: "*À la guerre comme à la guerre*, che diamine!".

Si tolse il cappello, il cappotto e la giacca e si rimboccò le maniche, ma mentre si guardava intorno per cercare un recipiente e un rubinetto con dell'acqua si sentiva montare dentro il panico.

«Forse è meglio che vada a cercare un medico» disse, e fece per incamminarsi.

«Non ti muovere, sei scemo? Se viene un dottore poi lo impara la polizia e finisco dentro. Se hai paura levati dai coglioni e lasciami perdere.»

Tirò un profondo respiro e disse: «Non ho paura. È che non ho mai fatto niente del genere. Sono... sono un prete».

«Peggio per te» rispose. «Arrangiati. Io...» Una fitta fortissima la fece gridare di dolore e una piccola chiazza di capelli scuri e lucidi apparve fra le cosce divaricate della donna. La testa del bambino!

Corse nell'ambiente attiguo. Trovò una bacinella, la riempì d'acqua, prese un asciugamano e tornò accanto alla ragazza: era coperta di sudore e cercava di assecondare le contrazioni spingendo con tutte le sue forze. Ma era debole, esausta.

«Aiutami!» gridò. «Spingi sulla mia pancia!»

Obbedì. Premette con entrambe le mani sul ventre della ragazza appoggiandosi con tutto il peso. Un grido lacerò l'aria di quel luogo angusto e il bambino venne alla luce sul pavimento della stanza spoglia.

«Adesso trova qualcosa per tagliare il cordone e per allacciarlo. Su, non stare lì a tremare. Sono io che ho freddo, mica tu, accidenti!»

Obbedì. Andò in cucina e riuscì per miracolo a trovare un paio di forbici per trinciare i polli. Accese il gas e ve le passò sopra ripetutamente, poi si accostò al bambino e tagliò il cordone ombelicale. La ragazza intanto aveva tolto un filo dall'orlo della sua maglia e con quello lo allacciò. Il bambino si mise a strillare, ma la ragazza non sembrò prestargli molta attenzione.

Lui invece lavò il corpicino con l'acqua e cercò qualcosa per coprirlo nella camera attigua. Quando tornò, la ragazza si era rivestita e traballando si avviava verso l'uscita.

«Ma dove vai?» le domandò angosciato.

«Devo presentarmi al mio capo, prima che lui trovi me, e se mi presento con quello» indicò il bambino «ci ammazza tutti e due.»

«Ma io non so che cosa fare. Aspetta, per favore, parliamo un momento. Potresti restare qui per un poco: tre o quattro giorni... Io potrei cercare...»

La ragazza sospirò. Grondava di sudore per la debolezza: «Non posso» disse. «Ma se non te la senti, dai qua, lo metterò io da qualche parte.»

«No, no» rispose lui immaginando la fine di quel corpicino in un cassonetto dell'immondizia o in un sacchetto di plastica abbandonato davanti alla porta di un condominio. «No. Lo tengo io.»

«Grazie» disse la ragazza. Gettò uno sguardo al bambino, poi fece per uscire sul pianerottolo. Si fermò con la mano sulla maniglia della porta: «Non so nemmeno come ti chiami».

«Clemente» rispose. «Mi chiamo Clemente.»

«È un bel nome» replicò la ragazza con un filo di voce. «E anche adatto alla situazione. Io mi chiamo Desiré. Addio.»

«Aspetta, come lo devo chiamare il bambino?»

«Chiamalo come ti pare» rispose la ragazza, e uscì chiudendosi la porta dietro le spalle. Il rumore dei suoi passi echeggiò giù per la scala nel profondo silenzio della notte.

Restò solo con il bambino nella camera spoglia e fredda, si rivestì e si mise a cullarlo tenendolo all'interno del cappotto finché il piccolo, sentendo il tepore, si calmò.

Si sentiva il gocciolare del rubinetto nel lavandino della cucina e il rumore di quell'acqua gli suscitò immediatamente un pensiero nella mente. Entrò in cucina, guardò i muri muffiti, quel lavandino incrostato di sporcizia e scosse il capo.

Tornò nell'altro ambiente, aprì con una mano la finestra e gettò uno sguardo di fuori. Aveva smesso di piovere e la strada appariva completamente vuota e silenziosa. Si udiva soltanto il sommesso gorgogliare della fontanella in mezzo al giardinetto ingombro di cartacce e di lattine vuote. Sospirò, richiuse la finestra e scese dabbasso tenendo il bambino stretto sotto il cappotto.

Guardò l'orologio: erano quasi le due del mattino. Era già cominciata la vigilia di Natale. Attraversò la strada e si avvicinò alla fontanella. Fece il segno della croce, accostò la testa del piccolo allo zampillo bagnandola con l'acqua limpida. Si sentì venire un groppo alla gola mentre pronunciava la formula sacra: «Io ti battezzo, Martino, nel nome del Padre, del Figlio e dello Spirito Santo. Amen».

Pose nuovamente il neonato al riparo dentro la falda del cappotto e si incamminò verso l'appartamento. Prima di entrare nel portone alzò gli occhi e vide una stella, una sola, che luccicava in uno squarcio fra le nubi.

«Ricominciamo da uno, don Martino» disse. «Buon Natale.»

Indice

«Zeus e altri racconti»
di Valerio Massimo Manfredi
Oscar bestsellers
Arnoldo Mondadori Editore

Questo volume è stato stampato
presso Mondadori Printing S.p.A.
Stabilimento NSM – Cles (TN)
Stampato in Italia. Printed in Italy